我是你的朱丽叶

鲁奇 ◎ 著

山西出版传媒集团
北岳文艺出版社

Preface | 序言

"80后"天空的一束明媚阳光

知道鲁奇,是很早很早以前。

那时候我在很多杂志发表文章,比如说《少年文艺》啦,《男生女生》啦,前面后面总会有一个叫"鲁奇"的家伙。我很坚定地写着女生,而他很坚定地写着男生,我常常有一些忧伤,而他常常留一点幽默。总之,这是一个跟我完全不一样的人。

后来,我们互相加了QQ,我一天到晚在上面挂着,是隐身;而他也一天到晚在上面挂着,是绝不隐身。我们有了一些对话,于是就有了更多的认识。慢慢的,我开始在他的"设计"下去读他的作品;慢慢的,我开始喜欢上他的作品;慢慢的,我开始有一点点上瘾,有时候有点累了,就到他的网站去读完他的一篇新小说,其间,乐得不可开交。不过这些,我都没有告诉他,我怕他会得意,呵呵。

在我的感觉里,他应该是个子不高,带点狡猾的微笑的聪明小男生,所以,当我真正地认识他,知道他是东北人,并且知道他已经工作了,我是狠狠地吓了一跳的。

再后来,知道他竟然也是所谓的"80后"作家,不禁又被狠狠地吓了一跳。

读过太多"80后"的作品,感觉鲁奇真的和多数的他们有很大的不同。他从不拿捏出一种悲天悯人的腔调去诉说成长的痛苦或是哀伤,也不用那些华丽或是难懂的词句来展示自己的才华,他只是保持着轻松的姿态，脱离那些自恋的情绪，去讲一个又一个鲜活的故事。从这个角度讲，我是不愿意将鲁奇称为"80后"作家的；如果硬要说他是"80后"作家，那他也是"80后"这个阴沉抑郁天空里的一束明媚阳光。

与众多的"80后"作家不同，鲁奇是一个题材十分广泛的作家，幻想啊惊悚啊什么的，他都写，而且写得相当不错，至今已连续三年获得读者评选的《少年文艺》"好作品"一等奖，海天出版社给他出版的一套三本的惊悚小说，销量相当不错。但他写得最好的，却是校园小说。平心而论，在国内的男作家中，像鲁奇这样能轻松驾驭校园题材的人并不多见。

鲁奇写校园很鲜活，宁不悔，苏美达……一连串听上去有些别扭却也有趣的名字，《卖书小贩遭遇书仙MM》、《我和我的小偷女友》、《我和校长的女儿是同桌》等等一系列无厘头的篇名，很容易吸引读者去一探究竟。除了这些与众不同的"包装"之外，我们不得不承认，鲁奇的故事本身也是极具吸引力的。他的故事里总有一根弦从一开始就吸引你不得不看下去，比如一个男生神秘失踪，后来竟听说是被困在了女厕所（《谁弄丢了苏美达》）；或者一个看似平淡而无聊的故事，一直讲到最后，突然出现一个让你意想不到的结局，让你内心豁然开朗，对作者不由得心生佩服。这一点，在鲁奇的很多校园小说里都得到了充分的体现，也可以说，这是鲁奇小说创作的一个最重要的特点。对成长中的青少年来讲，在这一个个生动的故事后面，无疑是一个温暖的启示，一张微笑的脸，一只指路的手。

有时候开玩笑，鲁奇会在网上叫我师傅，但我们都知道，这只是一个玩笑而已。鲁奇是一个很有主张并且坚持的男孩，无论是在写作上，还是在别的一些方面，他很坚持他自己的想法，不愿意去迁就或者说是迎合别人，对自己负责，对自己的文字也相当负责。从这一点来说，我倒有不少应该向他学习的地方。

没有见过鲁奇，挺搞笑的一次是，有一天他在 QQ 上问我何时能够到哈尔滨一见，而那一天，我刚刚从哈尔滨坐飞机回来。不过我想，见与不见都不是非常重要的，我们在彼此的文字里认识彼此，坚守着我们同样的理想，朝向同一个方向，就足够了。

最后要说的是鲁奇的勤奋。我也是一个写作者，深知写作的艰难和辛苦。和我不一样的是，鲁奇还要工作，但他一直很认真地在从事这一项他喜欢的事业。比如这一次的"校园幽默"系列，一出就是四本，很有点让别的作家羡慕和感叹的味道在里面。我相信他的努力会得到更好的回报，也希望他的书为校园文学原创的天空增添更多的亮色。

他会越做越好，这是一定的。

2012.6.9

目录 Contents

Chapter 1 陪老师一起失恋

1. 谁惹怒了恋爱中的老师 / 2
2. 神秘的鬈发姐姐 / 10
3. 坐在老师旁边谈恋爱 / 17
4. 我们陪老师一起失恋 / 21

Chapter 2 冤家老班的爱情 AB 剧

1. 米老班和林老班的 N 次交锋 / 26
2. 情人节里的卖花老师 / 34
3. 前卫老爸和斗嘴光盘 / 40
4. 心有灵犀"金钱"通 / 46
5. 午夜踩脚派对 / 50

Chapter 3 网友是老师

1. 学校里最可怕的事情 / 54
2. "925 行动小组" / 58
3. 请女老师对付男网友 / 62
4. 交换各自的秘密 / 67

目录 Contents

Chapter 4 美女老师跳楼记

1. 两张失踪的照片 / 74
2. 被人做了手脚的宣传板 / 77
3. 美女老师的跳楼事件 / 80
4. 熟悉的背影 / 86
5. 两个意外的惊喜 / 89

Chapter 5 武侠老师智斗灰满城

1. 我的同学是"通缉犯" / 92
2. 我的老师是"武林高手" / 99
3. 被卷入"四角学生恋爱旋涡"的老师 / 104
4. 恐怖家访记 / 116
5. 有故事的人 / 122

Chapter 6 方夏夏的老班培养计划

1. 冒充老班发出约会邀请 / 126
2. 阴差阳错的约会 / 132
3. 泪与汗的边缘 / 138
4. 整蛊老校长 / 143
5. 我们和老师用梦话交谈 / 148
6. 又一个计划书 / 156

目录 Contents

Chapter 7 为米 SIR 做红娘

1. 米星希比窦娥还冤 / 160
2. 为米星希当红娘 / 165
3. 方夏夏的苦肉计 / 167
4. 有没有钱是次要的,重要的是人品 / 169
5. 米星希与落汤鸡的约会 / 171
6. 打嗝和打喷嚏交相辉映 / 174
7. 米星希的绝配 / 177

Chapter 8 蚂蚱摇滚兵团

1. 欺人太甚 / 182
2. 一切都以蚂蚱的名义 / 185
3. 这不是 RAP,是摇滚! / 187
4. 给老师婚礼当乐队 / 189
5. 让全国闹一场"蝗灾" / 195

Chapter 1
陪老师一起失恋

1.谁惹怒了恋爱中的老师

如果那只邮包没有破,如果米星希老师没有和林可可老师吵架,如果暗恋米星希的女生方夏夏那天不在场,如果……也许我们不会对老师的爱情感兴趣,更不会搞那么多恶作剧,米星希老师的爱情就不会那么快结束。

那天,我和苏美达去米星希办公室取东西,刚走到他的办公室门口,就听到里面传出吵架的声音:"你怎么能这样做?""我怎么了?""你为什么拆我的信?""我有拆吗?怪你的邮包不结实,我只是好心帮你捡起来!""邮包怎么会不结实?你别找借口了!你就承认自己是故意的吧!不是你拆的,那信会自己蹦出来吗?""是啊,就是它自己蹦出来的,我对你的信根本就没有兴趣!真是不可理喻……"

我听出了吵架两个人的声音,一个是米星希,另一个是外语老师林可可。听他们吵架的意思,好像是林老师看了米老师的邮包,米老师好像发了很大的火,情绪很激动,我和苏美达还是第一次听到米老师这么大声说话。

"我们还是进去劝劝吧!米老师这样吵架影响多不好啊!"

"别进去,先听听情况,他们两个吵架还叫吵架啊?根本就是斗嘴!你没发现林老师对米老师感兴趣吗?"

"咦?有吗?我没有发现哦!"苏美达自言自语。

陪老师一起失恋

"笨！如果林老师不喜欢米老师，为什么她每次看到米老师都会笑容满面啊？"

"那也不代表有意思啊！再说，米老师不是有女朋友吗？在上海读研究生。"

"事情总在变化嘛！"我说。

苏美达点点头，之后，我们两个继续在办公室门外偷听。过了一会儿，我们听到办公室里传出另一个声音："米老师，我还是先到走廊等吧！等你们吵完了我再进来好吗？"

听声音是个女生，真没有想到还有比我们更近的听众。

"不行，你不能走，怕什么！你就坐在这里，你是证人，你亲眼看到她弄我的邮包了是不是？"米老师说。

"老师，这个不好说欸……"

"怎么不好说，你如实说就好了！"米星希步步紧逼。

女生没了声音。

"这个女生是谁？声音好生哦！不是我们班的吧？"苏美达问我。

"不是！班里女生的声音我都能听出来，这个嘛，不如看看！"

说完，我开始敲办公室的门，听到敲门声，两个人吵架的声音停了下来。

"进来！"米老师说。

我和苏美达推开办公室的门，看到了令人哭笑不得的一幕。

米星希和林可可站在地板上，叉着腰，像两只好斗的公鸡。米老师的椅子上坐着一个胖乎乎的小女生，不算漂亮，但皮肤很白，眼睛圆圆的，有点像金海心。

地板上放着一只绿色的邮包，邮包已经破了，露出一个信封的半截。

米星希脸色通红,林可可仰着头,一副不服输的样子。

"老师,我来取小测试的卷子。"苏美达小心地说。

"好的,在桌子上。"米老师语气平和。

苏美达到米星希的办公桌上整理卷子,我站在地板中间,看着米星希和林可可,不知道说什么。林可可看了我一眼也没有说话。过了一会儿,她回到了自己的办公桌前(她的桌子在米星希桌子的对面),轻轻地坐了下来。之后,她趴在桌子上哭了起来(我没有看到她的眼泪,而是从她那略微抽动的肩膀猜测出来的)。

米星希看了一眼林可可,没说什么,装作没看见。之后,他弯下腰去收拾地上的绿色邮包。他刚一弯腰,坐在椅子上的小女生立刻就站了起来,迈着小步跑到米星希旁边帮他捡信,捡完信,还殷勤地给米星希倒水。

米星希说了声谢谢,并没有喝,而是把水放到了林可可的桌子上,然后,他又找出纸巾放在林可可的桌子上,没说什么。

此时,苏美达还在米星希老师的桌子上忙活着。真搞不懂他是故意拖延时间等待剧情发展,还是真的笨得要命。后来,米星希有点儿发怒:"有完没完?"

也不知道他这话是对谁说的,苏美达和林可可同时抬起了头,林老师已是满脸泪痕。她狠狠地望着米星希:"你有完没完?干吗总欺负人,不就是一个邮包一封信吗?就算我看了又能怎么样?"

米星希无语,把脸转向苏美达,冷冷地说:"有完没完?"

"找到了找到了!万眉婉的卷子找到了!"苏美达右手高扬起一张卷子。

我们班有个女生,叫万眉婉,叫多了,就成了"完没完"!

我禁不住想笑,米星希对苏美达说:"这是班里的新同学,名叫方夏夏，你把她带到班上去！"

"好的！"苏美达说。他看了看方夏夏，说："我是班长，叫苏美达，我们走吧！"

方夏夏好像根本没听到苏美达的话，依然以看周杰伦那样的目光看着米星希。为了提醒方夏夏，我故意咳嗽了两声；方夏夏瞪了我一眼，很不情愿地站了起来。

我刚要走，米星希却说："宁不悔，从今天起，方夏夏就是你的同桌！"

"啊？可是，老师我有同桌！"

"我知道你有同桌，让你同桌和单小刀同桌，就这么定了！"

"好的。"我发现今天我最倒霉了，居然会和这种女生同桌，晕死。

我、苏美达、方夏夏走出了办公室。

刚推开门，我就惊呆了，走廊里黑压压的一片人头，都是我们班的学生。

一大群男生女生挤在走廊里，数十双眼睛直勾勾地盯着我们三个，看得我有点浑身发冷。

"你们怎么出来这么快啊？"几个男女生发出疑问，好像很失望的样子。

"里面发生什么事了？老师失恋了吗？"几个女生居心不良地问。

"老师怎么可以欺负美丽善良的林老师？"几个男生怜香惜玉地说。

"别看啦！上课了！有什么好看的！！"苏美达伸长脖子喊。

同学们恋恋不舍地离开，有一个女生却还站在办公室门口倾听，苏美达拍了拍她的肩："万眉婉！听什么呢？"

"老师刚才叫了数遍我的名字啊！是不是有情况？我的卷子不会

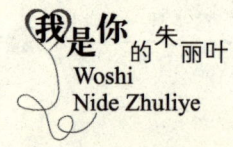

丢吧?"一听就是借口。

"在这里!走了,你完没完(万眉婉)?"苏美达说。

万眉婉这才悻悻地走开。

我刚要离开,就听到办公室又传出米星希声嘶力竭的喊叫:"谁翻我的抽屉了?苏美达!"

苏美达听到声音,立即抱着卷子折回办公室。

我有点不解,这时,我和方夏夏已经走开了,我看了方夏夏一眼,发现她在偷笑。

我说:"你笑什么?"

"没什么!"方夏夏仍然在笑。

苏美达从办公室回来,我问他老师找他干什么,他说没什么。当时老师手里拿着一封信,问苏美达信是不是他放进去的,苏美达说不是。

第二天,米星希来到班里,把方夏夏叫了出去。那天午后,米星希的办公室里只有他一个人,他和方夏夏谈了半个小时,也不知道他们到底说了些什么。后来,方夏夏回来的时候,我发现她的眼睛已经肿成了桃子。

我问她怎么回事,她不说。

下课后,方夏夏出去了,苏美达就坐在她的座位上和我聊天,说着说着,苏美达突然对方夏夏书包里的一个东西发生了兴趣,他拿出来一看,原来是个空信封。

"啊?怎么会在这里?昨天米老师就是因为这个信封盘问我的!"苏美达说。

"确定是这个吗?"

"当然,你见我撒过谎吗?"

"那可有点儿奇怪了,方夏夏刚才好像是哭过的,也许这信封里原来装的是情书。"

"情书?方夏夏写给米老师的?"

"对啊,但是还不能确定。"

"米老师真厉害,一天收到两封情书,昨天的那个绿色邮包是米老师上海的女友寄来的,好像信中写了很重要的事情,否则米老师不会发那么大的火。"

"什么重要的事情?"我问。

"好像米老师的女友下个月要回来,早晨我去他办公室,听到他正在给女友打电话。"

"你说的是真的吗?"不知道什么时候,方夏夏已经站在了我们身边,不仅有她,还有班里数名男生女生也围在我和苏美达周围。

"干吗?老师的女友要回来了,你们有这么吃惊吗?"我说。

"不是吃惊,只是想为迎接老师的女友做点什么!愿意加入的请举手!"单小刀坏坏地说。

没等单小刀说完,身边四五个男女生都举起了手。真搞不懂到底是老师的女友回来,还是他们的女友回来。

"你们可不要胡来哦!"苏美达很紧张地说。

"不会的,我们只是好奇,想知道老师的女友到底是个什么样子,也借机会考验一下他们的爱情。"万眉婉说。

"考验?老师的爱情需要你们来考验吗?"我说。

"当然,他是我们敬爱的老师,他的爱情成败会直接影响他的心情,他的心情会随之影响他的工作,他的工作受到影响,我们的学习也会受到影响!"

"歪理论,真搞不懂你们是怎么想的!"苏美达说。

"不是歪理论,这是事实。你们知道昨天我在老师的办公桌抽屉里看到了什么吗?"方夏夏一本正经地说。

"情书?"我说。

"不是,是一张已填好还未寄出的汇款单,收款人是米老师的女友,汇款单上的钱是米老师月工资的一半左右,钱不是很多,但给人感觉很奇怪哦!"

"一点也不奇怪,我知道这件事,他每个月都会给女友寄钱,供女友念研究生,除了给女友寄钱,米老师的工资就所剩无几了。"

"老师好伟大哦!"一些女生惊叹道。

"米老师女友这次回来,好像也是因为钱的问题。"苏美达说。

"米老师的爱情有问题哦!我们可不能让他受骗上当,要帮他考验考验他的女友!"方夏夏说。

大家都同意了,我和苏美达也决定加入。

我们搞砸老师爱情的行动就此拉开了序幕。

2.神秘的鬈发姐姐

米星希的女友是星期四下午出现在学校操场上的。

当时我们班正在上体育课,天气热得透不过气来,我坐在学校教师宿舍楼下乘凉,边喝绿茶边向单小刀传授如何在"传奇"世界中组队攻城的事。我坐的地方正对着学校的后门,在不经意间,我抬头看到后门门口站着一个举目四望的漂亮姐姐。她二十六七岁的光景,身高在168cm～170cm之间(目测不会像近距离那么准确),黑色鬈发,戴一褐色眼镜,身上是黑色牛仔裤配一件白色无袖衬衫,一看便知是时尚中人。我断定她不是做网络就是做传媒的。

那个漂亮姐姐手里拎着一个黑色皮箱,正在和看门的老大爷说话,好像是在问路。

这时,我突然闻到一股淡淡的香水味,好像是绿茶的味道。

"林老师!"单小刀站起来,嘴都笑歪了。

我站起来才发现,林可可今天又换了一件纯白的连衣裙。作为全校第一美女老师,她的形象总是不断在变化,总会给人耳目一新的感觉。

林可可今天没有课,她打扮得如此光鲜,很可能是去逛街,看来她今天心情不错。

她和我们说了几句话就直奔学校后门而去。这时,门口的那位鬈发漂亮姐姐也已走进操场，她与林可可相向而行，大概过了一分钟四十秒，两位漂亮姐姐相遇了。

她们两个人说了几句话后，同时转过身，向我走来。

林可可脸上的笑容已经消失殆尽，俨然一个监考官。鬈发漂亮姐姐依然光彩照人，芭比娃娃般的头灵活地向操场两边扭动，像在超市中选购衣服。

走到我面前的时候，林可可问我："宁不悔，你知道米老师去哪儿了吗？"

"不知道！"我摇头。

"他今天好像没有课，也许是去哪儿玩儿了，你先到我的宿舍坐一会儿吧！"林可可说。

"没关系，谢谢你！你也住在学校啊？"

"是的，我住在米老师宿舍对面。"

"你就是林可可吧！星星总在信中提起你，你们还在一个办公室，坐对面是不是？"鬈发姐姐十分幸福地说着"星星"二字。

我一时愣住了，后来，又想到星星就是米星希，而面前的这个鬈发姐姐可能就是米星希远在上海读研的女朋友。

"是的。"林可可漫不经心地回答，显得六神无主，"我们到宿舍再聊吧，外面太热了！"

"好的。"林可可和鬈发姐姐双双步入教师宿舍。

"老师的女朋友好漂亮啊！"方夏夏眼睛都看直了，像个木头人一样站在那里。

"是啊是啊！难怪米星希不喜欢林老师呀！"万眉婉说。

"喂喂，别赞叹了，我们还是先找到米星希老师吧！情敌相遇分外眼红，别出什么事啊！"苏美达很着急。

"是啊，万一闹出人命来，我们怎么向米老师交代啊！"单小刀说着就要往教师宿舍走，"我得去看看！"

"回来！让方夏夏去！"苏美达说完给了方夏夏一些钱，让她去买点水果。

之后，苏美达又让一个男生去找米星希。我依然坐在教师宿舍楼下乘凉，像蟋蟀一样。

不一会儿，方夏夏拎着水果回来了。在我的强烈要求下，苏美达才答应让我跟着一起上楼。

我们三个人上楼，只敲了两下门，门就开了，开门的是鬈发姐姐。

她看到我们很高兴，忙让我们进屋，林可可正坐在她的床上摆弄着一条裙子。

后来，我们才知道，那条裙子是鬈发姐姐送给林可可的，但看样子，林可可并不喜欢这条裙子。

我们在屋子里坐了一会儿，发现她们两个人并没有火拼的迹象，便悄然离去，在门口正好碰到米星希老师上楼。

方夏夏看到米星希，满脸堆笑地说："老师，你的女朋友好漂亮啊！"

米星希笑了笑，没有说什么。

快放学的时候，有人听说米老师的女朋友要在学校住上几天。令人感到惊奇的是，学校竟然把鬈发姐姐安排在了林可可的对面床。

这回事情变得有点儿复杂起来。

即使这样，方夏夏还硬要凑热闹，每天都借问外语难题为由，往林可可的寝室跑，并把鬈发姐姐的所有情况告诉我们。

没过几天，方夏夏就告诉我们，那个鬈发姐姐很神秘，白天基本上不在宿舍里，只有晚上才回来，谁也不知道她去了哪里。

与此同时，我们发现米星希老师也和以前不一样了。他每天都是急匆匆的，在办公室里总打电话，即使是上课，他的电话也响个不停，而这些电话也并不是鬈发姐姐打来的。

有一天，我偶然听到了米老师在走廊里的一段电话：

"我最近急需用钱，有多少都行！"

"原因嘛，是因为我女朋友的学费，真的很急……"

"哦！没有啊？哦——没关系，真是不好意思，对不起……那……那我找别人吧！"

……

还说了很多，总之，证实了以前苏美达的猜测，老师的女友这次确实是为了钱回来的。

同学们知道这件事以后都很吃惊，但又无能为力，老师的爱情，学生不好插手。

米老师一直沉浸在幸福和痛苦之中，每次同学们看到他和鬈发姐姐走在一起，就是一阵哄笑，男生吹口哨，女生则爆笑不已。

由于米老师在本市没有什么亲戚，借钱到处碰壁，据说还借到了林可可那里，当时的情况非常搞笑。

"可可，我最近家里发生了点事情，能否借点钱给我？"米星希吞吞吐吐地说。

"家里发生点事情？骗谁呀？是借给她吧？"林可可冷笑道。

"以前，我总对你发脾气，是我不好！她现在真的很难，除了我没有人能帮她。"

"你从来就没有尊重我的感受！米星希，你这个笨蛋！我不会借给你钱的！"

"我可以写字据给你，而且你也知道我不会赖账！"

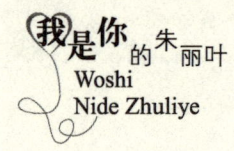

"借钱？好的！你让她来向我借！"

"我向你借不是一样吗？"

"不一样，我至少不会把钱借给猪头一样的人！"

"你骂我？"

"没有，猪头米星希，求求你醒悟一下吧，你现在连基本的生活费都不够，还借钱给她？她根本就不是真心爱你！"

"你怎么知道她不爱我？我相信她是爱我的，我也是爱她的。"

"我鄙视你！"林可可说完便愤愤离去了。

最后，米星希借不到钱，只好去找善解人意的校长。校长得知他女友的情况后，慷慨解囊，借给了米老师三万元钱。

米星希拿到钱以后，兴高采烈地去找鬈发姐姐，可是她根本就不在学校里。这天是周末，我们还在上课，米星希就躺在自己的寝室等她，结果，等了一天，都没有回来。

下午放学时，由于好久没有上网，我担心网上的美眉们会把我忘记，就溜进学校附近的一家网吧上网。

刚开始，我只顾着上网，根本就没有在意身边的人和发生的事。

后来，线上的人没有几个，我甚为无聊，听了会儿歌，就把耳麦摘了下来。

这时，我听到旁边传来一个女人的声音。

"是的，我知道了，你在那边等我吧，他还在帮我借钱，我真的无法向他说出口。你不要逼我了好吗？"

我把椅子向后拉了拉，一眼就认出了坐在旁边的女人，竟然是米星希的女友，我喜欢的鬈发姐姐。

她打完电话才发现我，很紧张地问："你们上课这么紧，还来上网啊？"

"是啊！放松一下。"我说。

"呵呵，刚才你一直在这里？"

"是的。"

"星星对你们都很好吧？"

"当然，他对我们像对待弟弟妹妹一样。"

"呵呵，我请你吃冷饮吧！"

"谢谢。"我说。

……

第二天，我便把在网吧遇到鬈发姐姐的事告诉了米星希，他淡淡一笑，没有说什么。

两天后，大概是因为米星希把钱交到他女友手中的缘故，两个人都显得十分开心。

但我们却很着急，大家对鬈发姐姐在网吧中的通话进行了分析，一致认为，鬈发姐姐爱上了别人，她向米星希老师借钱完全是一场骗局。

为了不让鬈发姐姐的骗术得逞，我们做了一件愚蠢的事：偷走了那张三万元的银行卡。

其实不算偷，只是把银行卡放在了一个比较保险的地方，使鬈发姐姐在回上海前找不到卡。

这件事是由方夏夏做的，她不是总去林老师那里补外语吗？顺便就处理了那张银行卡。

方夏夏说她把卡放在了一个谁也找不到的地方，而且那张卡也没有离开那间屋子。

但令人感到奇怪的是，鬈发姐姐并没有因为卡的丢失而变化，依然笑容满面地和米星希出双入对。

  这使我们大为震惊，于是，我们就让方夏夏再去看一下藏卡的地方。

  方夏夏看过回来时，哭得一塌糊涂，因为银行卡不见了！

  我们这时才知道她竟然把银行卡藏在了暖气片的后面，而在她藏卡的第三天，全校检修暖气片，当然，那间宿舍也在其中。

  弄巧成拙，事情变得更加不可思议。有人说银行卡被方夏夏独吞了，有人说是被修暖气的人顺手牵羊了，还有人说，方夏夏根本就没偷那张银行卡，或者说，她处理的那张卡是假的。

  就在这件事发生的第二天，米星希和鬈发姐姐出事了，他们在湖上游玩时翻船了，两个人双双坠入了湖中……

3.坐在老师旁边谈恋爱

单小刀亲眼目睹了米星希和鬈发姐姐坠湖的全过程。

人工湖位于市区内的一公园,在湖上可以划船游玩。单小刀是和班里一个女生去的,他们两个人是那种心里对彼此都有好感,嘴上总哥们儿哥们儿叫着的男女朋友,介于情侣和朋友之间。

他们两个人刚开始在公园里转悠着玩,并没有看到米星希和鬈发姐姐,后来,两人去一座十字形的凉亭中休息。单小刀大献殷勤,弄了一大堆零食哄那个女生,女生也很是受用,坐在凉亭中,两个人开始搞些拉拉小手式的小动作。

凉亭上长满了藤蔓植物,把小亭子装点得清新而浪漫。正当单小刀和那女生海聊时,他突然听到身边传来擤鼻子的声音,而且那声音不断,极不雅观,与美丽如画的风景极不相称。他悄悄地向椅子边移动,向十字亭的另一侧看了一下(他当时坐在直角坐标系第一象限的 y 轴位置上),吓得他差点儿没叫出来,就在他背后(第四象限),竟然坐着班主任米星希和她的女友。

幸好当时米星希正关心着感冒了的鼻涕横流的鬈发姐姐,没有发现单小刀。单小刀对身边女生一说老师在这里,吓得女生马上抽回小手,两个人收拾了一下东西,迅速撤离。

刚走出不远,那女生又停住了,她对鬈发姐姐很好奇,对老师谈

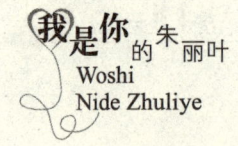

恋爱很感兴趣，就和单小刀商量继续留在公园中观察老师，理由是刺激和好玩。

女生就是胆大，坐在老师旁边谈恋爱还嫌不够刺激！单小刀当时吓得腿都软了。虽然米星希对学生很好，但对早恋这种事，他仍然三令五申严加教育，班级情侣拉手率也迅速下降。

后来，米星希和鬈发姐姐去湖上划船，不知道怎么搞的，划到湖心时，船突然翻了，两个人双双落入湖中。

单小刀见此情景，立即跳入水中，他游到湖中心却没有发现鬈发姐姐。米星希已浮出水面在湖上寻找着，也没有找到。单小刀充分利用小时候学的潜水技能，又扎入水中，过了好一会儿，才找到了鬈发姐姐。

鬈发姐姐被送到医院，一直昏迷不醒，把米星希老师急得团团转。他整夜未睡，守在鬈发姐姐身边，等待她醒来。

第三天，鬈发姐姐终于睁开了眼睛，她醒来的第一句话是："我想回上海！"

她说这话的时候，林可可正敲门进来，我和苏美达他们跟在后面。

由于要上课，我们在医院待了一会儿就走了，只剩方夏夏和林可可留在那里，大家也知道，方夏夏比较皮厚嘛！

后来，我们听方夏夏说，我们走后，鬈发姐姐告诉米星希她已经借到了钱，她会把米星希借给她的那三万元还给他。

自始至终，鬈发姐姐只字未提银行卡丢失的事情。我们分析，鬈发姐姐发现钱丢失后很着急，因不想拖累米星希，也为了给米星希减轻负担，又从别的地方借了钱，还给他。

事情变得越来越复杂了，那张丢失的银行卡到底在哪里？鬈发姐姐又是从哪里弄到的钱呢?

鬈发姐姐走的那天,我们亲眼看到,她在校门口把一张银行卡交给了米星希。据了解内幕的方夏夏告诉我们,那张卡不是她藏的那张,她藏的那张是光大银行卡,而这张是工商银行卡。

就在鬈发姐姐即将走出校门的那一刻,林可可手中捧着一个精美的包装盒飞奔而至。

林可可和鬈发姐姐在校门口深情相拥,两个人都哭了,据说那一幕特别特别感人。

深情相拥后,林可可返回了学校,米星希和鬈发姐姐的身影消失在晨光下的滚滚人流中。

我们在教室窗口目送他们离去,那种悲凉的感觉似乎预示着一段感情的结束。

我们都很懊悔,特别是方夏夏。她哭了整整一节课,年迈秃顶的语文老师以为她受到了感情伤害,还关切地说:"一定是失恋了,失恋的人总喜欢用眼泪发泄内心的痛苦。"

之后,他便大谈特谈起新概念作文大赛上的一篇关于失恋的文章,并不时地以方夏夏现在的行为为例,深入讲解如何在作文中刻画出人物的内在感情,搞得方夏夏俨然一教学道具。最后,连方夏夏都破涕为笑了。

4.我们陪老师一起失恋

米星希老师送走鬈发姐姐后,就回到了学校。在办公室里,他拆开了鬈发姐姐留给他的一封信。信的内容如下:

星星:你好!

　　这是我最后一次这样亲切地称呼你,我们平静地分手吧!四年来,从大学毕业到现在,我们一直都是相互鼓励、相互帮助,彼此深爱着对方,并很有耐力地坚持着这场爱情长跑;但是,我们不能够在一起。我在写这些字的时候心在疼痛,我总在极力想象着你看信时的感觉,不要情绪激动好吗?我总以为自己是属于你的,相爱便可以相守,一生一世。可是,来上海的两年里,我想了很多,想我们将来如何才能够在一起。我们相隔太遥远了,这种遥远令我感到深深的不安和惶恐。这次回来,我的真正目的不是向你借钱,借钱只是一个借口,而是要对我们的爱情做一个了断。我曾想过带你一起去上海,但当我看到你们班里那群可爱的孩子时,我得到了答案,你是不会离开这所学校和那些孩子的,因为,你深爱着他们。我试着回到你的身边,但是,我也无法放弃上海那个美丽的城市,还有那份外企的工作。当然,最重要的一点,就是,我已经不爱你了。当

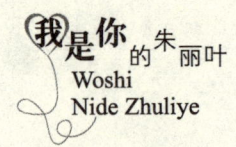

我再看到你的第一眼时,你给我的感觉是一个哥哥,已不是一个恋人;你在学校里忙碌的身影,以及四处为我借钱的那种急切,都使我感觉到一种亲情。当拿到你借的三万元的时候,我非常感动,我的心动摇了,我痛苦得不能自持。我本想在临走的时候把钱还给你,向你说明一切。可是,第二天,那张银行卡却不见了,我知道是有人故意偷的,至于是谁,我却不知道。这使我明白了一点,这钱不属于我,你也不属于我,我无法把你带走。从你的学生们异样的眼神中,我逐渐感觉到自己是个不受欢迎的人。他们喜欢的是林可可老师,最适合你的人应该是她。为了在我们分手后,你的生活不再那么窘迫,我把你近年来寄给我的钱存进了银行卡,还给你。

郁怡

因为米星希看完信以后,人就不知去向,信被扔在敞开的抽屉里,被苏美达弄到了,而我们看到的只是复印件。

我们找遍学校都没有找到米星希,苏美达给他打电话也打不通。

"老师……不会寻短见吧?"方夏夏说。

"老师又不是女生,怎么会寻短见啊!"单小刀说。

"我们去找林可可老师吧!"

"好的,马上就去。"

我们去林可可老师的宿舍,门是锁着的。旁边宿舍的老师说林老师出去了,随后,我们从其他班同学的口中得知,米星希和林可可是一同走出校园的,朝银行的方向去了。

快要放学的时候,米星希和林可可一同回来了。米星希边走边说:"真是很奇怪哦,那张丢失的银行卡又突然找到了,她怎么会把银行卡放在皮包的夹层里呢？"

"人的记忆力有时候会出问题的，也许她是在昏迷的时候突然想起来的呢。"林可可说话的时候，脸上露出令人匪夷所思的笑容。

在经过方夏夏身边的时候，她意味深长地说："方夏夏，有胶带借我用一下吗？"搞得方夏夏半天说不出话来，不一会儿，脸就红了。

后来，林可可找方夏夏单独谈了一会儿。回到班里，方夏夏对我们说："那张银行卡找到了，大家不要着急了！"

"在哪里？"苏美达急切地问。

"在鬈发姐姐手上。"方夏夏说。

"不是你从鬈发姐姐那里偷走的银行卡吗？怎么会又回到她的手中呢？是不是她自己找到的？"我惊讶地问她。

"不是，事情是这样的……"方夏夏终于说出了事情的原委。她说，她在准备偷鬈发姐姐银行卡之前，曾向林可可借过胶带。刚才，林可可和她说胶带的时候，方夏夏终于想到，那张被她粘在暖气片后面的银行卡是被林可可发现并保存了起来，在发现鬈发姐姐并没有因为钱的丢失而变化时，她很感动。特别是有一天夜里，林可可听到鬈发姐姐给远在上海的哥哥打电话，让哥哥汇三万元过来，没过几天，鬈发姐姐就把钱给了米星希。最后，经过再三考虑，林可可决定把那张银行卡还给鬈发姐姐，并在她走的那天，在校门口亲自交给了她。林可可和鬈发姐姐深情相拥的时候，两个人都明白了各自的心意。

"那件精美的包装盒里装的是银行卡？"苏美达问。

"当然，鬈发姐姐下飞机后，发现了礼品盒里的银行卡，便打电话给米老师，谎称银行卡在皮包夹层中找到了。这样，两个人都不会再有心理负担。她没有说出林可可，是因为她怕米星希会因此拒绝林可可。"方夏夏轻轻地说着，禁不住又流下泪来。

"好感人,我们误解鬈发姐姐了,她好伟大哦!"万眉婉说。

"林老师也不错啊!两个姐姐都那么深爱着米老师!!"一个女生说。

"所以说,爱情是不需要考验的!但愿米老师和林老师可以终成眷属哦!"万眉婉又开始浮想联翩了。

米星希失恋后,整个人变了很多,似乎比以前更开朗了,总和班里的男生女生开玩笑。他越是这样子,大家越觉得内疚。我们都知道,米老师的内心还是非常痛苦的,他只是不想让他的坏心情影响到我们。

米星希把鬈发姐姐给他的钱还给了校长,他又开始了新的生活。

令人感到迷惑的是,他与林可可的关系却突然变得微妙起来,不吵架也不闹,谁也不知道他们心中到底在想什么。

但有一点是肯定的,他们总能迅速地融入我们当中,和我们无话不谈。

方夏夏预测,米老师和林老师很可能是战争前的平静,暴风雨不久便会到来。

Chapter **2**

冤家老班的爱情AB剧

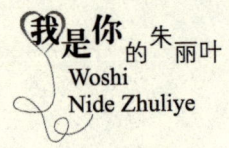

我是你的朱丽叶
Woshi Nide Zhuliye

1. 米老班和林老班的N次交锋

"你们知道吗？林可可成了隔壁四班的班主任！"早自习时，苏美达对大家说。

大家都半信半疑，以为苏美达是在开玩笑，谁也不相信全校第一美眉老师林可可可以做班主任，直到我们下课时看到校长走进老师的办公室与米星希和林可可谈话的时候，大家才感到苏美达的话可能是真的。苏美达怕大家不相信,还特别强调："四班班主任休产假,所以,班主任换成林可可。"

"米星希会接受这个事实吗？四班一直与我们不和，班主任又换了林可可……"单小刀说。

"大家乐观一点好不好？林老师还是喜欢米老师的，他们会和睦相处的！"方夏夏想事情总是很天真。

然而，事实证明方夏夏的话是错的，因为米星希和林可可都不是省油的灯。从此，两个人的"战争"愈演愈烈，甚至还牵连了我们，真正验证了一句话："老师吵架，学生遭殃！"

校长决定让米星希去送林可可和四班学生见面，大家都看得出米星希有一百二十个不愿意。但校长说话，他不能不听。他不想去的原因，主要是四班学生比较仇视他，毕竟我们班的学习成绩比四班好很多嘛！还有就是，米星希给四班上课的时候，经常爱管闲事，看到人家男女生在一起聊天，就拿粉笔扔人家，真不知道是看人家聊天他嫉妒，还是想练练他的"粉笔弹"技术。他每次都弹无虚发，但多数粉笔头都打在女生头上，有的女生很会撒娇，一疼就哭，搞得四班那些自以为可以保护女生的家伙很没面子，有的当场就和米星希吵了起来，甚至有人想过动手，但因害怕米星希高大的个子而自动放弃了。

米星希送林可可去四班，他走在前面，一声不吭地来到四班门口，门关得死死的。透过窗子，他看到四班学生整齐地坐在教室里。米星希清了清嗓子，推开四班的门就闯了进去。结果，悲剧发生了，一大脸盆面粉从门上掉了下来，砸在了米星希的头上，米星希顿时成了"雪人"。看他愣愣地站在门口，四班教室里发出一阵爆笑，全班男女生指着米星希笑得前仰后合。

大家以为米星希会发火，但是没有，他只是用手弹了弹身上的面粉。

这时，校长大人不知道从什么地方跳了出来，冲进教室，嚷道："你们就这样对待老师吗？"

四班的学生停止爆笑，呆呆地看着校长和米星希。米星希依然站在那里。林可可从他的身后走了出来，微笑着走上讲台，说："同学们好，我是林可可，你们的新班主任！"

教室里响起了一片热烈的掌声，几个男生竟然夸张地拿了几束玫瑰花送给了林可可。满身面粉的米星希不住地斜视林可可，差点把鼻子气歪了。

他在四班门口站了两分钟，然后独自走出了教室，身后再次响起一片哄笑。在这片笑声中，有一个人笑得最为过分，那就是林可可。

后来，我们从四班学生那里得知，门口的那个面粉炸弹就是林可可亲自安排的，可惜米星希不知道。

我是你的朱丽叶
Woshi Nide Zhuliye

　　林可可当上班主任后,很快就和四班学生打成一片,不管她到哪里,总有一群男生女生前呼后拥的。特别是总有一些小男生,有事没事就往她办公室跑,搞得米星希非常郁闷,因为他简直就成了"自动门闩"！由于他坐的地方距门口较近,一有人敲门,他就会喊:"进来！"林可可自从上任以来,他每天喊"进来"的次数不下二十次,这还不把我们班的同学计算在内。后来,米星希索性装作听不见,不管门外如何坚持不懈地敲门,他都无动于衷。

　　这天,又有人敲门,米星希闷头写教案,不理会。林可可因此很生气地说:"你这人怎么这样,学生敲门怎么不开？"

　　"这里是办公室,不是心理咨询室！"米星希气愤地说。

　　"班主任就是要承担起解决学生思想问题的任务,你这是什么态度？"林可可气愤地走向门口。

　　就在这时,米星希站起身说:"这是最后一次！"

　　米星希打开门,他以为这次又是四班那些无聊小男生,结果却看到了一脸"五指山"、鼻子血流不止的我班男生小端,还有我、苏美达及几个女生。

　　米星希问小端怎么回事,小端说:"被人打的！"

　　"哪班的？"米星希很生气。

　　"四班的！"小端边用棉花团塞鼻子,边五音不全地说。

　　林可可听到四班两个字时,脸色突然变了,变得有些尴尬。

　　"叫什么名字？"米星希问。

　　小端低下头,开始不说话了,米星希又问了一句,小端还是不回答。最后,还是苏美达慢慢地说了一句:"是被一个女生打的！"

　　"啊？一个女生！"米星希无奈地摇了摇头,好像在说你这个没用的东西,竟然被四班女生打成这样,真把我的脸丢尽了。

事情是这样的，小端追四班一个女生，那个女生很文静，平时不怎么说话。小端要求和女生看电影，女生说有事，小端就死皮赖脸地缠着人家。那个女生不知是吃了什么违禁药品，性情突然变得猛烈无比，猛击小端鼻子一拳后，又用她那纤纤玉指在小端脸上轻轻一挥，小端的脸上立刻出现五条血色划痕，差点儿毁容。

米星希看了看小端，说："你们先回去，这件事我来处理。"说完，他迅速关上了办公室的门。

"你班女生抓花我班男生的脸，你看怎么办？总不能这么欺负人吧？"米星希说。

"谁欺负你们了？你班男生缠我班女生，被抓花脸是自找的！"

"你这个人怎么这么不讲理？把我班男生脸抓成那个样子，留下伤痕怎么办？"

"我不管，这件事你别找我！"

"不行，你们要赔偿，赔偿医药费！"米星希说话的特点就是善于抓住主要问题。

"脸破点皮就要医药费？有没有搞错？有这工夫你回去多管管自己的学生吧！"

"医药费必须给！女生就可以打人啊？就可以置男生的前途命运于不顾吗？"

"什么前途命运啊？抓破脸又不是毁容，根本就影响不了什么！"

"影响了怎么办？"

"无理取闹！"林可可的声音变低，我们在门外听着，也感觉米星希有点无理取闹。

但是，谁让米星希说不过林可可呢，本以为可以占到上风，却被人家一顿数落。

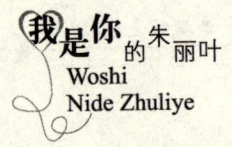

正当两个人没有了声音时，教务主任来了。

我心想米老师的援兵到了，大家都知道教务主任和米星希关系最好了。他好像是找米星希有事，看到我们聚在门口，很是疑惑，问我们为什么在这里，我们就说米老师和林老师在吵架。教务主任一听，兴致大增，于是，把脸蛋贴在门上听，结果什么都没有听到，就自己推门进去了。

两个老师看到教务主任后，争相说明情况。

教务主任听完后，说："你们两个都二十七八岁的人了，怎么总像小孩子一样吵架啊？"

两个老师不语。最后，教务主任决定，由四班赔偿小端医药费。

米星希喜出望外，以为可以借机敲林可可一笔。结果，由于小端只是擦破点皮，四班赔偿小端的医药费只有八元四角（只不过是几块纱布而已）。

米星希拿到林可可的八元四角后，立刻买了十余根冰淇淋，把同学们叫到办公室一块儿吃。

林可可气得摔门而去……

林可可回到班级，发表了一通励精图治、搞好学习的演讲，要求四班全体同学必须在月底的小考中考取整体最高分，超过我们班。她说完这些后，还找到米星希，和他打赌，扬言要夺走我班学年第一的宝座。米星希欣然同意，两个人商定，哪个班输了，就在操场上正步走半个小时。

为了打败米星希，林可可开始对班里的学生进行魔鬼训练。她每天都守在班里，督促学生学习，连正常的体育课都给占用了。尽管如此，四班学生仍乐此不疲，他们经常把"林可可，我们听你的话，永远支持你"这类肉麻的话挂在嘴边，有的男生还说出"我愿意为林老师奉献一切"这种恶心的话。

尽管四班同学被林可可训练得服服帖帖，尽管他们把吃奶的力气都用在了啃书上，尽管他们不分白天黑夜地玩命学习，但差距永远都存在，最终，四班还是输了，月底的小考成绩，我们班整体比四班多出数百分。

林可可输了，她履行了诺言，带领四班同学在烈日下走正步，她走在最前面，面无表情，却十分搞笑。而米星希却带领我班同学坐在阴凉处观赏着他们，同学们席地而坐，看着四班那些家伙挥汗如雨。

为了刺激林可可，米星希还带领全班同学一起唱歌，那歌的名字叫做《傻妹妹》……

林老师在操场上汗流浃背，坚持要走完半个小时。米星希看着林可可，刚开始有点乐不可支，后来，他的脸色阴沉下来。大家说，米老师心疼林老师了。果然，不一会儿，他就叫我班女生去告诉林可可，游戏取消。但林可可就是不停，依然带着同学们坚持走完了半个小时的正步。

林老师和四班学生走下来时，四班的男生女生已被折腾得个个身子摇晃，相互搀扶，酷似利比亚难民。我们全班都为他们鼓掌，米星希边鼓掌边自言自语道："精神实在可嘉，如果用在学习上该多好啊！"

可林老师并不领情。没过几天，学校里又进行考试，考的科目是政治。两个班的考场很近，林老师一会儿来我们班一趟，一会儿来一趟，每次来都只说一句话："你们班学生真的好衰呀，我们班已经有一个同学交卷了。""我班有两个同学交卷了！"……米星希不为所动，看着我们，叫嚷着："别听她的，你们慢慢答！考试又不是奥运会，交卷快慢有什么了不起的！"可是，虽然他嘴上这么说，但我

们仍能看出他的焦急,因为他的手不是揉后脑勺,就是抓头发。同学们坐不住了,心里为老师着急,便不管对错,只管速度,在卷子上玩起了"龙飞凤舞"。不到一个小时,全班同学便已经全部交卷。而这时,我们和米星希老师却发现了一个问题,林可可好像突然间不来挑衅了,也不说她们班有几个交卷的了,这是怎么回事呢?

　　米星希拿着收好的卷子,走到四班门口一看,顿时傻了眼。四班竟然一个人也没走,都安静地坐在座位上答卷,根本就没有交卷的。原来,林可可在撒谎,米星希气得差点儿没把卷子扔到林可可的脸上,幸好被同学们发现并及时拦住。后来,学校公布政治成绩,我们班竟然有一半的同学不及格。

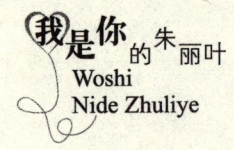

2.情人节里的卖花老师

在两位老师的口水战进行得不可开交的时候,林可可突然使出了一招缓兵之计,开始对米星希置之不理,而且,每天还打扮得花枝招展的。

林可可的行动把大家都搞晕了,谁也猜不透她到底想干什么。直到有一天,米星希接到一个陌生男子的电话,才知道林可可正在被人热烈追求着。

那天,米星希接到一个男人的电话,那人张口就是:"可可在吗?"

"不在!你找她有什么事?"

"哦,对不起,没什么事。"

"你是谁?"

"我是她男朋友!"男人说这话的时候声音有点颤抖。

据说,米星希接完电话以后,非常生气,在办公室里反复走动数十圈。林可可回来见他低着头踱着步子,很关切地问他怎么了。

米星希说:"丢了一样东西!"

林可可很不解:"丢了什么?"

"爱情!"米星希边说边假装真的掉了东西一样,一直专注地看着地板。

林可可听后,若无其事地点点头,说了两个字:"神经!"

后来，那个男人每天都会打电话到办公室找林可可。林可可接到电话，只是嗯啊地说上几句，偶尔还会发出一阵爽朗的笑声。每当这个时候，米星希都会很生气，他会故意把办公室的门打开，让所有路过门口的学生都能看到林可可打电话。有时候，他甚至还会把班里的同学叫到办公室，特别是那些爱说爱讲的男女生。那些学生一到了办公室，就开始唧唧喳喳说个不停，搞得林可可连电话都听不清，经常拿着话筒，声嘶力竭地问对方："你说啥？你说啥？？我听不清啊！"边说边把头往桌子下面钻，最后，实在听不清，只好挂掉电话。等学生走后，她会气愤地对米星希说："拜托你不要干扰我打电话！"米星希听后只是微微一笑，十分得意地不作答。

　　大概是那个男人认为仅仅打电话不能表达他的爱意，就开始让人每天给林可可送玫瑰花，每次送花都是一大束，数十枝。收到花的时候，林可可总会笑容满面地说："什么都是假的，只有花是真实的！"然后，把花插入有水玻璃花瓶中养起来。刚开始米星希看到花时有点儿不屑，看到我和苏美达的时候，还说谈恋爱送花最老土，最没有品位了。

　　可是，过了半个月，随着玫瑰花的逐渐增多，米星希却变得积极主动起来，每次有人送花过来，米星希都抢着替林可可收下，并满学校地搜集器皿养花，就连教务主任办公室里的旧鱼缸都被他拿来做"花瓶"，搞得林可可非常疑惑。很快，老师的办公室就变成了"玫瑰花店"，不管我们班还是四班的同学，都有事没事地往老师办公室里钻。女生去是为了赏花，而男生则不同，他们想送女生花又怕花钱，还懒得长途跋涉去花店，只好厚着脸皮向米星希要花。对于男生的要求，米星希从来都是有求必应，毫不吝惜。他的这一做法把四班男生的心都收买了。有一次，一个男生拿着米星希给他的玫瑰

花,竟然感动至极地向米星希道歉,因为他就是"面粉陷阱"的实施者之一。

寒假的时候,我们依然整天上课,玩命地复习做题准备高考,连情人节的悄然临近都差点儿忘记了。

情人节的前一天,米星希到班里找我们几个男女生,让我们在情人节那天和他一起去做件事。大家都很好奇,以为他想出了什么向林可可表达爱意的办法,都欣然同意了。

情人节这天上午,不知道怎么搞的,任课老师有事没来,就和体育课换了。

我、苏美达、方夏夏、单小刀、虞小叠、万眉婉如约来到老师办公室。

米星希让我们把办公室里能拿走的玫瑰花都拿走,跟他去一个地方。

于是,大家就各自抱着几束玫瑰花跟着米星希走,我们穿过三条街,来到全市最繁华的商业区。

米星希站在一个巨大的美女广告下,向大家宣布:"为了缓解学习压力,今天我带大家卖花!"

"啊?卖花!"大家听得眼睛都直了,做梦都没想到老师会带着大家来卖花。

当我们还在晕乎乎地发愣时,已有数对情侣包围了抱着玫瑰花的米星希,纷纷掏出钞票买花。米星希见我们还傻站着,就冲我们大声喊道:"发什么呆啊?老师就不能带学生卖花吗?再发愣,统统回学校做卷子去!"

一听"卷子"两字,我们都条件反射地清醒过来,赶紧收拾鲜花,男生女生玩命地冲进茫茫人海,齐声大喊着:"卖花喽!"

在这条全市最热闹的商业街上，在大雪纷飞的冬日，我们按照米星希的计划，两个人一组，分别控制住街的两头和中央，把所有情侣都收拢在我们的势力范围之内。

我和方夏夏一组，跟在米星希后面，拦住所有过往的情侣，亲切地对他们说："先生，买一束情人节的玫瑰吧，送给您身边漂亮的女朋友。"

大多数男士都很爽快，掏钱就买。于是，大把大把的钞票如雪片般从四面八方向我们飞来。

大家今天的心情都特别好，叫卖的声音也特别响亮，特别是苏美达，叫的声音最大，而且最离谱："卖花喽！卖花喽！好看便宜又好吃的玫瑰花喽！买一枝送两枝，如假包换喽！"

"喂，别喊了，这是卖花，又不是卖肉，什么便宜又好吃啊？爱情怎么可以买一个送两个？"方夏夏抓着苏美达的肩膀，摇来摇去，"班头，你饶了我们吧！你的叫卖声好难听哦！"

热闹的大街上，到处都是玫瑰花，到处都可以闻到美食的香味，到处都可以感受到情人节的甜蜜与温馨。一对对并肩而行的情侣看着我们，脸上都会露出友善而亲切的微笑，这使我们备受鼓舞，更加卖力地卖花。

一个小时之后，我们手上的花都卖得差不多了，万眉婉手里的花已经卖光了。她对我说："我刚才看到几个咱们学校的男生，他们也买了我的花！"

"是四班的吗？"

"不是，但我感觉有点儿不对，他们好像认出我们来了。"

"哦，没事的！"

"万一这件事被林可可知道怎么办啊？"

"不会的,她绝对不会知道我们在卖她的花!"我的话刚说完,就听到米星希一声尖叫。

我们一齐向米星希的方向望去,顿时都傻了——林可可正站在他的面前,恶狠狠地看着他。

大家见此情景都躲得远远的,我大着胆子,凑上前去,终于听出了事情的缘由。

原来,林可可并不知道米星希要把她的花都卖掉的事。她早晨来到办公室,看到花都不见了,就很生气,问班里学生,花哪儿去了,大家都摇头说不知道。第一节课下课后,学校里有个认识林可可的男生拿着一枝玫瑰花找到她,她这才知道米星希卖花的事,而且卖的就是她的花。因为米星希没有及时发现玫瑰花中的小卡片,不知道小卡片上还写有林可可的名字,小卡片的下落更让林可可有点心烦。于是,林可可开始满大街地找米星希。

米星希并没有理林可可,而是把我们几个吓得哆哆嗦嗦的男女生叫到一起,买了十余串糖葫芦给我们,还对我们说:"有老师在,什么都不要怕!"

就这样,我们每人手中都有一大串糖葫芦,边走边吃,一队人欢声笑语地向学校走去。

林可可气呼呼的跟在最后面,米星希竟然还递一串糖葫芦给林可可。林可可本来高扬起手,准备把糖葫芦扔在地上,结果却把悬在空中的手放了下来,接过来一口一口地吃起来,一边吃还一边看着米星希的眼睛说:"我自己的东西,为什么不吃!"

我们走在前面,当时的场面,笑得我们差点儿背过气去。

等我们到达学校时,发现有一辆汽车停在学校门口,一个衣着讲究、十分绅士的男子站在车边,手中还捧着一大束玫瑰花,好像是等林可可的。

米星希看到后,给我们使了个眼色;大家一哄而上,抢走了玫瑰花,然后折回大街,继续做卖花生意,林可可气得站在路旁悲痛欲绝地说:"我的花啊!等等我,我也去卖行不行?"

男人很惊讶地说:"你卖?你卖……身……"

林可可听后,一脚踢在男人腿上,男人当即跪倒在地,呻吟道:"我不是说你卖身,我是说卖——什——么?"

后来,米星希用卖花的钱买了一大堆好吃的,分给了全班同学。米星希说:"大家休息一下,补补脑,一起过个没有情人的情人节吧!"

"谢谢老——"大家异口同声地说,"师"字未说出来就停住了,因为校长早已立于门口,身后还站着林可可。

结果可想而知,米星希被校长一顿狠批,整个过程,林可可一直是泪流不止。中午时,校广播台放了一首极能表达林老师心境的歌——杨幂的《爱情爱情》:

爱情,爱情/原本就是一个人的事/一个人动情/一个人平静/一个人付出/一个人任性/爱情,爱情/慢慢变成两个人的事/一个人发疯/两个人心疼/一个人牺牲/两个人享用/如果爱情可以看天气决定/那要怎么去适应四季分明/如果爱情可以随心情决定/那要怎么去抵挡圆缺阴晴……

3.前卫老爸和斗嘴光盘

给林老师送花的男人再也没有出现，据说他的腿被林可可的高跟鞋踢伤了，腿部肌肉造成了损伤，甚至有人夸大其词地说，那个男人被林老师踢得下肢瘫痪了。不管事情是真是假，都同样对我们具有威慑力。后来，又听说男人的家属声称要找林可可索赔，吓得她整日不敢接电话，不敢出学校，出门的时候不是围着头巾，就是戴着墨镜，弄得像个阿拉伯女人。

这回，我们的米星希老师又神气起来了，看着整日提心吊胆的林可可，他总是取笑说："怎么样？惹事了吧？要不要我给你摆平啊？"林可可不理他，不跟他说话，继续上课、上班，坐在米星希对面发呆、化妆，只是偶尔会用眼睛瞪米星希，那样子好像恨不得将米星希一口一口吃掉一样。

有一天，有个学生告诉林可可，说校门口有个男的找她，吓得林可可满头大汗，都没问那男的什么样子多大年纪就逃之夭夭了，转瞬间便消失得无影无踪。这不禁使人对林老师肃然起敬，毕竟穿着高跟鞋还能跑得如此神速的人，在学校里还找不出第二个。

由于林可可的胆怯，找她的那位老伯在学校里走了三圈，累得上气不接下气，差点儿由于劳累过度休克了。幸好米星希及时发现了他，热情地把他留在办公室里，并送上烟、酒、茶及一个林可可同事应尽的热情接待责任。米星希还亲自去找林可可，他寻遍学校的数栋大楼都没有找到，最后，发现她竟然躲在自己的寝室里装病。

米星希站在林可可门外，说："你这个胆小鬼，你爸都快休克了，你还躲在这里不出来！"

当林可可听到"休克"两字时，腾地从床上跳了下来，打开门，披头散发，如贞子般直愣愣地看着米星希，瞪圆眼睛，说："啊！我爸来了！怎么不早告诉我？"

林可可见到自己老爸，两个人自然要寒暄一阵子，老伯对米星希的热情接待大加赞赏，不停地说："这样的小伙子真有发展，真有发展！"还问林可可的个人问题，即有没有男朋友。林可可说没有，老伯便直接说明来意，这次他来主要是为林可可介绍男朋友的。据说这个男人是个富家子弟，家里非常有势力而且很有钱，男人也长得有形有款有身高，而且还有学历，并让她下周见面……米星希听后，没有说什么，默默地退出了房间。

林可可听到父母给自己介绍男朋友，很惊讶："男朋友？我现在没有这个心情！"

"再过几年，你就30岁了，你还以为自己是小姑娘啊？再不找就剩下了！"林老爸说。

"什么啊！就凭我，怎么可能剩下？不行，我不要！"林可可百般推辞。后来，他的父亲扔下一句话，不相亲也可以，除非你和那个姓米的老师成为情侣，否则，就必须去见那个富家子弟。

无奈之下，林可可只好去找米星希，央求他配合一把。米星希听明白她的意思后，非常气愤："喂，你把我当什么人了？你想配合我就和你配合啊？我又不是小孩，怎么可以拿感情当儿戏？"

"怎么说是儿戏？你不是我最好的同事吗？我们同在一个办公室，

同住一幢教师宿舍，远亲不如近邻，近邻不如对门，我们不就是对门吗？抬头不见低头见，你不帮我谁来帮我？你不能见死不救啊！"林可可说着说着就哽咽起来，她使出了杀手锏——眼泪。

米星希和我一样，都见不得女孩子眼泪，所以就点头答应了。但他列出了几个条件：要林可可义务打扫办公室卫生一个月，并为他买菜、做饭、洗衣一个星期。

林可可已走投无路，只好忍痛答应。

林可可老爸看到她和米星希在一起，这才放下了心，老人欣慰地点头说："可可，你的终身有了依靠，我也就放心了！"

米星希和林可可手拉手把林父送到了车站，并送上了火车。

火车呼呼开走以后，米星希还沉浸在幸福中，死死地拉着林可可的小手。刚开始，林可可被米星希死攥着手，就用眼睛注视着他，以为他会自动放开手，后来，见其无动于衷，只好主动抽回手，同时还大叫道："有完没完，拉人家的手还不放了？"

米星希被泼了一头凉水，很生气地说："喂！你以为你是谁啊！！谁愿意拉你的手啊！！！"

"不愿意拉，还死攥着不放，真是大脑有问题！"林可可尖酸刻薄地说。

"我怕你老爸没有上火车，为了保险起见，才拉着你的手不放。否则，我才不会理你呢！"

"虚伪！"林可可说。

"无理取闹！"米星希回应。

之后，两个人一前一后走回学校。在路上，两个人仍然唇枪舌剑，累的时候，两个人还坐在路边吃冰淇淋，吃完后，继续斗嘴，最后，两个人好像都很生气的样子，相互没有说一句话，默默地回到了学校……

我们坐在教室里，望着电视屏幕里的米老师和林老师，欢笑声一阵又一阵。米星希与林可可都不会想到，他们两个人一路上吵架斗嘴，全都被我们班一个男生用摄像机拍了下来，并制成 VCD 在班上放映。那个男生并不是故意偷拍米老师和林老师的，他那天也去车站送出差的爸爸，结果在车站碰到了米星希和林可可争吵，便用随身携带的摄像机拍了下来……

全班同学正看在兴头上，突然有人大喊："米星希来了！"

坐在电视机旁边的同学，立刻拔掉电视的电源，围成一团的同学们都回到了座位上。

米星希走上讲台，全班同学都微笑地望着他，看得米星希一脸茫然："你们看什么？不认识我了？"

同学们一起摇头。

"我脸上有东西？？"

同学们再次一起摇头。

"我知道了，你们是不是又做了什么坏事？"米星希笑着说。

这次，同学们一起大笑，像一群只会笑的机器人。

米星希不理我们，他打开书本，开始上课。

没过几天，不知谁走漏了风声，米星希知道了光盘的事。

于是，米星希和林可可花言巧语骗取了我班一个叫小强的男生的信任。小强借口要独自观赏老师的光盘，向那个有光盘的同学借。那个同学知道小强一直都是林可可的忠实崇拜者，便满足了他的要求。就这样，光盘顺利地到达了米星希和林可可的手中。

米星希和林可可得到光盘后很高兴，当天，他们两个人就躲起来观看。在看的过程中，还不时发出笑声，也许两个人都发现自己当时的可笑之处了吧！后来，不知道为什么，他们又吵了起来，那张光盘

也被他们扔出了窗外。心疼得小强在教师宿舍楼下找了两个小时，才找到几块光盘碎片。他欲哭无泪，大家就劝他，那是老师的隐私，不可能随便给人看的……后来，据教师宿舍的其他老师说，米和林经常躲在房间里看光盘，有人说是不良录像，还有人说是国外大片……可是，大家都猜错了。后来，大家才发现，两位老师看的还是那个光盘，原来他们扔出去的那个碎光盘是假的，真的光盘被米星希和林可可藏起来了……

正当两位老师以为他们吵架的光盘永远不会再出现时，有一天，班里的电视上又出现了他们的身影。同学们正在看的时候，米星希疯了似的冲了进来，拿出影碟机里的光盘，扔在地上，又踢又踩，嘴里还念叨着："怎么可能？怎么可能！你们竟然偷了我的光盘？这回光盘碎了，看你们还看什么？"

最后，米星希看着满地的光盘碎片，抹抹头上的汗珠，满意地点了点头。

当他抬起头，看全班同学时，他差点崩溃掉，因为每个人都在对着他笑。

大家说了一句话，气得米星希差点儿晕过去。

我们说的话是："老师！我们把你的斗嘴光盘复制了！人手一盘！"

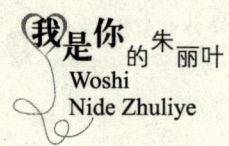

4.心有灵犀"金钱"通

林可可经常喜欢在寝室做东西吃,弄得走廊里乌烟瘴气的。米星希忍受不了油烟味,就劝林可可不要逞能,不会做饭就别做,小心引起火灾。

林可可听了就气愤地说:"不做饭,我吃什么?你买给我吃啊?"

米星希被她问得没有了回音,她知道米星希最抠门了,一提钱他的嘴就会立马封住。于是,她就更加肆无忌惮地做起菜来,又买调料,又买食谱,可做出来的菜不是糊了就是半生不熟,那刺鼻的油烟使得整层楼的老师都怨声载道。

不久,米星希的话就应验了。由于林可可操作煤气炉不当,引起了一场火灾,虽然火灾的面积只有几平方米,但林可可的损失却不小——床单、被子及床上的钱包都化成了黑炭。

林可可被烧成了穷丫头,经济上变得捉襟见肘。她是个嘴硬心软的人,但同时又是一个倔强不服输的人,即使落魄到这样,也不向米星希张口借钱。

一天下午,林可可正在为本月的生活费发愁时,米星希风风火火、满头大汗地从外面走了进来。

"你干什么去了?累成这样!"林可可问他。

"没什么!"米星希说着从包里拿出一沓钱塞给林可可说,"刚在银行取的，算借给你的！"

"啊？那你怎么办？"林可可看着米星希，愣住了。

"我还有给别人当家教的收入，你不用担心。"米星希笑着说。

林可可抬起头，非常感激地看着米星希说："谢谢你！"

"不用谢，是借你的，你要记得还我哦！"米星希说。

"当然，会连本带利一起还的！"林可可脸上露出了笑容。

他们说话的时候，我和苏美达刚走到门口，我对苏美达说："这个时候跟老师说鑫仔的事合适吗？"

"老师很艰难，但鑫仔的情况更严重。我们必须得和老师说！"苏美达很坚定地说。

米星希看到了我们，就问苏美达："鑫仔来上学了吗？"

"没有！他一个星期没来了。他爸爸走了，昨天的手术失败了！"苏美达静静地说。

"啊？他以后的生活怎么办啊？"米星希问。

"不知道。他妈妈下岗了，每月只靠最低生活保障金生活，以前他爸做生意赚来的钱都治病了，以后，也许只能由亲戚资助了！"

"鑫仔现在在哪儿？"

"一家酒吧，做服务生！"苏美达说。

"哦！"米星希坐了下来，用手搔着头发。

我和苏美达找老师的目的，就想请他替鑫仔想想办法，可现在看老师的状况也不太好，便不好开口，我们正想离开，却被米星希拦住了。

"老师——"

"走，我们去找鑫仔！"米星希说完就往门外走，我和苏美达也跟了出去。

我们在一家酒吧找到了穿着黑色马夹、端着啤酒来回穿梭的鑫仔。

他看到了我们，急忙往酒吧后面走去，但被米星希拦住了。

"跟老师回学校！"米星希说。

"老师，不行！真的，如果我还上学，那谁来养妈妈啊！"

"有老师在，你怕什么？"

"别管我了，好吗？我现在这样很好！"鑫仔转过身要走，被米星希拉住了手臂。

我看到鑫仔哭了，他的眼泪在酒吧昏暗的光线中滑落，淹没在无尽的黑暗中。

米星希把鑫仔从酒吧里拉了出来，一直拉到了学校。

第二天早自习，米星希在班上讲了鑫仔面临辍学的情况，同学们听后都很同情鑫仔，大家一致同意为鑫仔捐款。

米星希首先拿出了五百元交给了苏美达，苏美达张口刚要说什么，却被米星希制止了，他似乎明白苏美达的意思："什么都不要说，听老师的！"之后，就走出了教室。

当天，全班同学都为鑫仔捐了款，总额达到了三千余元。

晚上快放学的时候，苏美达和几个同学正在数钱，教室的门突然发出一阵"吱吱"的声音门开了。可门口却看不到人。

同学们都以为是米星希老师在逗大家，有个女生比较好奇，就走出教室要看个究竟。

她刚走出去，我们就听到了走廊里的说话声。女生说："老师！你们怎么不进来？"

没有人回答。

女生又说："老师不进来，你们进来吧，是不是有事啊？"

没有人回答。

我感觉很奇怪，又是老师又是你们的，到底指的是谁啊？

我走出教室一看，站在门外的根本就不是米星希，而是林可可，她的身后还站着一群四班的男生女生。

他们好像畏惧什么似的，难道他们怕我们班同学对他们友好？

这时，米星希来了，苏美达走出教室，还有许多我们班里的同学，大家都微笑着欢迎四班同学来我们班。

林可可和四班的男生女生犹豫了一会儿，走进了我们班。

这是四班学生第一次走进我们班，他们都感到新奇，而且个个都显得很懂礼貌。

林可可拿出一包东西塞给苏美达："这是四班全体同学捐的，替我们转给鑫仔！"

苏美达打开那个纸包，里面是一大堆面值不同的钱。

瞬间，整个教室都静了下来，我们站在教室中，互相看着，面带微笑。

这时，米星希走了上来，说："别愣着，快把钱收好，清点一下！别客气，我还借给她钱呢，这算什么啊！"

"米星希！你怎么可以说出这样的话？"林可可对着米星希大喊。

"哦？那我该说什么啊？大家总不能一直这样傻站下去吧？"米星希笑着对林可可说，教室里的同学也都笑了起来。

5.午夜踩脚派对

　　一个星期以后，不知谁把鑫仔的事情告诉了校长，校长倡议全校为鑫仔捐款，鑫仔又回到了学校。

　　元宵节那天，在林可可老师的提议下，我们班和四班共同举办了一个联谊会。两个班级第一次共同搞活动，不管相互是否熟悉，是否知道对方的姓名，两个班级的同学都热热闹闹地坐在一起，聊天、唱歌、跳舞，交换QQ号码，畅谈学习和友谊。从这天起，我们不再陌生，不再有隔阂，不再你争我夺、势不两立。

　　每个人都有节目，轮到林可可时，她偏要找米星希合作，共唱一首歌。

　　我们班的同学都知道，米星希是最不会唱歌的了，他唱歌跑调全校闻名，只要听说米星希要唱歌，连校长都会捂起耳朵大喊救命，可见其嗓音多么具有杀伤力。

　　米星希面对林可可的邀请视而不见、充耳不闻，低着头坐在窗下，假装睡觉，却被我们班一群女生给拉了出来。

　　米星希满脸通红，林可可却兴趣盎然，随着音乐响起，她挽起米星希的手臂，轻轻地唱起了《我只在乎你》。

　　米星希被林可可的热情搞得很不自在，脸一会儿红一会儿白的，身体僵直，双手紧握麦克风，像只正在吃东西的澳大利亚袋鼠。

他目视前方，目光呆滞，林可可快唱完一段了，他仍然一言不发。

后来，全体同学一齐喊："米老师，快唱啊！快唱啊！"

于是，米星希就大着胆子唱道："任——时——光——匆匆——流去……我只——在乎你……"

歌词被他残酷地肢解了，一个字一个字往外蹦，尾音还特别长，像电影里装鬼的声音。

同学们听他的歌听得眼睛都直了，个个双手捂着耳朵，张大嘴巴，呈极端惊恐状。

最后，大家实在忍受不了，只好大叫："谋杀啊——"

"谁谋杀你们了？我不唱，你们偏要听嘛！看看，后悔了吧！！"米星希又开始说风凉话了，说完还变本加厉地伸直脖子嘶吼，幸亏林可可及时夺去了他的麦克风，不然，全世界的狼都会被他招来的……

米星希虽然唱歌差点，但跳舞还可以，特别是探戈，跳得简直是出神入化。因此，林可可和他跳舞的时候就特别高兴。他们两个人笑着在教室里转来转去，标准而快速的舞步看得男女生眼花缭乱，不时发出一阵又一阵的赞叹，有几个女生私底下议论："他们终于不吵架了！真好！也许以后也不会吵了吧！""也许，但也不一定。"

果不其然，跳着跳着，两个老师竟然又吵了起来。

林可可说："你踩我脚了。"

米星希说："没有，是你先踩我脚了。"

"我的脚上有你的鞋印，你还不承认？"林可可说。

"那是你自己的脚踩上去的，不是我踩的！"米星希说。

"你竟然在自己的学生面前耍赖！"

"我没有——"米星希声嘶力竭地喊道，样子极像一匹伸着脖子

嘶鸣的马。

　　之后，两个人就开始追着对方踩脚玩，看他们两个玩得乐此不疲，两个班的同学也开始行动起来，男生追着女生踩脚玩，整个教室欢腾一片。

　　我记得，那天晚上的月亮特别圆，星星特别亮，没有考试，没有烦恼，只有笑声。

Chapter 3
网友是老师

1. 学校里最可怕的事情

学校里最可怕的事情是什么？既不是考试一塌糊涂，也不是早恋被家长发现，更不是偷偷到网吧却发现与老师邻座。那到底是什么呢？还是我来告诉你吧！学校里最可怕的事情就是，你在网上遇到一个极其善解人意、体贴入微的异性，你和他（她）一见如故，把心中的秘密和烦恼像倒垃圾一样全都诉说给那个人听，可是那个人却一点儿也不烦，还帮你出主意想办法，耐心地开导你，让你在困境中发现人生还有很多希望。其实这些也没有什么，可是通过一段时间的交流，你却发现你离不开他（她）了，你傻乎乎地认为是缘分让你找到了一个知己，你不仅在心里对那个人充满爱慕之情，而且嘴上还直白地说：我爱你。可是，最后你却发现这个网友竟然是你的老师。

在不到一周的时间，班里便有三个同学被老师叫去谈话，两个男生一个女生。虽然其中的两个人用成绩不佳等鸡毛蒜皮的事情搪塞，但是，剩下的那个男生却傻里傻气说出了误与老师聊天而泄露心中秘密的事情。据可靠消息透露，其他两人被老师叫去的原因也是因为网上聊天的事情。到底他们对老师说了什么秘密，我们不得而知，但从他们的表现看，便知道事情很严重：两个原来极不遵守纪律的男生变得一声不响了；从那个女生通红的脸上可以判断，她有可能对老师说了那三个字。

米星希，一个二十七岁，瘦高，戴着眼镜，平日里一副铁面无私面孔的班主任，竟然在网上那么善解人意、口若悬河，真是令人刮目相看。

事情一传开，全班像炸了锅一样，大家议论纷纷，人心惶惶，因为即使是傻子都可以推断出，既然有三个同学的QQ里有米星希，那么全班所有同学的QQ好友里都可能有米星希。这下可不妙了，班里那些早恋的、偷偷见网友的、体育课上网吧的，个个被吓得不知所措。

这时，单小刀主动站了出来，他就是被叫去的男生之一，他说："我相信一定可以把网友中的老师找出来的，可是米星希是怎么知道我们的QQ号码的呢？"

是啊！老师是怎么知道我们的QQ号码的呢？

大家纷纷表示没有把班里同学的QQ号码告诉过米星希。大家都在七嘴八舌地议论，只有一个人一直低着头，她就是班里的学习委员万眉婉。

我拍了拍坐在右边的万眉婉："怎么了？为什么不说话？"

万眉婉听我说这话，又看了看四周，突然趴在桌子上哭了起来。万眉婉一哭，整个教室都静了下来。单小刀这家伙平时最爱和万眉婉套近乎了，这回他又有表现的机会了，他说："难道你的秘密也被老师发现了？"

万眉婉抬起头，站起身，擦干泪，说："这件事是我不好，是我把大家的QQ号码泄露给老师的，我当时真的没有想到会发生现在这种事情。"

是万眉婉出卖了大家？没看出来这个小女生这么小心眼儿，咱不就是平时不听她的，自习课说点小话吗？没想到她竟然这样整我们！

大家小声议论，都将万眉婉视为叛徒，万眉婉见此情景，坐下接

着大哭起来。

单小刀此刻更加怜香惜玉起来了，说："万眉婉不会轻易地出卖我们的，一定有原因，还是听她把事情说清楚，这样我们好想想对策。"

大家一听，也有道理，便请万眉婉说出真相。

万眉婉说有一天去微机室给米星希老师送卷子，当时，米星希正在网上下棋，并且正在下载一个新版的QQ。万眉婉一看到QQ便两眼放光，说老师你也用QQ啊？米星希说他也是第一次玩，想看一下同学们为什么都喜欢这个，却不知道怎么弄。

万眉婉于是便自告奋勇，说老师我教你，于是便在老师的机器上启动了自己的QQ号码，教米星希如何使用。当万眉婉正在教米星希的时候，外面来了一个同学，叫万眉婉回班里一趟，说有她的一封信，米星希说你先回教室吧，我再看看这些卷子。万眉婉走的时候也不好意思关掉自己的QQ，她的QQ上有全班所有人的号码。

同学们一听顿时傻了眼，虽然万眉婉是无意的，但是自己的QQ号里已经有了一个老师，这已经是一个无法改变的事实了。

可是，怎么才能把QQ好友中的老师找出来呢？全班一片嘘声，别看平时一个个吵吵嚷嚷的能把楼盖拱破，到了这种关键时刻却都没有主意了。

作为第一个受害者，单小刀挺身而出，愿意担当起在网友中查找老师的重任，一定要把老师找出来。此言一出，包括万眉婉和我在内的五六个人都参加了，其他同学也表示有钱的出钱，没钱的负责联络，随叫随到，全班形成了空前的团结。

下午上课前，一个以单小刀为首的"925行动小组"成立了，"925"是单小刀被米星希老师叫去问话的日子。我们下定决心，一定要把网友中的老师找出来，取得最终的胜利。

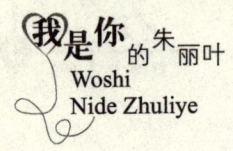

2."925行动小组"

第二天下午是体育课,由于老师没有来,米星希让我们在操场上自由活动,"925行动小组"的机会来了。

为了不引起尊敬的米星希老师的怀疑,大家从楼里出来后,便三五成群地散落在操场上。过了十多分钟,有人说米星希已经去会议室开会了,"925行动小组"组长单小刀一声令下,全班男生女生迅速地在操场的东北角集合。

大家围在一起,单小刀说:"现在我们三个先交换一下自己好友中的米星希的QQ号码。"

上次被米星希叫去的两个人都掏出早已写在纸条上的号码,3个人把三张纸条放在一起,男生女生呼地一下子围了上来,单小刀蹲在地上,数十个大小脑袋黑压压地填满了单小刀头顶的一小块天空。

所有人的目光都焦急地盯着那三张小纸条。

出人意料的是,那三张纸条上的QQ号码居然都不同,单小刀歪着脑袋说:"这肯定是米星希的号码?"

其他两个人坚定地点点头。

单小刀抓抓头,摇摇耳,低头蹲下一时没了主意。

万眉婉说:"难道米星希老师有三个QQ号码?"

其他人都同意万眉婉的看法。于是,单小刀做出决定,班里的所有人都把这三个号码抄一遍,下次上网时对照自己的好友查找。单小刀还吩咐班里的电脑高手把这三个号码炸掉,要想尽一切办法,让这三个号码不会再在网络上出现。电脑高手拍着胸脯说这事是小菜一碟。

学校操场上没有什么建筑物,这四十多人围成一堆,免不了会惹人注意。

这不,校长大人来了,他站在他的小破轿车的门口冲我们喊:"你们那是干什么呢?"

大家回过头,异口同声地说:"背单词!"

校长嘟囔着:"怎么一点儿声音都没有?有这么背单词的吗?"便悻悻地离开了。

米星希老师好像还蒙在鼓里,不知道我们已经对他采取了行动,上课的时候依然板着脸,讲话依然字正腔圆,也没有像往常一样告诫大家注意纪律和不要上网的事情。有时,他讲到高兴处会笑一下,他一笑,全班都跟着笑起来。没有人说话,没有人偷偷看小说。我们大家都知道,现在给我们讲课的不是老师,而是一个对手。

米星希老师也许会以为学生们还不知道网友名单里有他,他为此扬扬得意。我们则为米星希老师还不知道全班已形成以他为对手的空前团结而喜。不过,我们都惊奇地发现,米星希老师比以前要可爱多了。

方夏夏上课时会忍不住笑,她对我说:"如果老师发现自己的QQ不能用的时候会是什么表情呢?"

"应该比哭还难看吧!或者他根本就不会在意,也许他早就料到我们的行动了。"我说。

方夏夏想了想,点点头说:"尽管如此,我还是希望老师在我的

QQ里。"

"为什么?你疯了!"

"这样,上网的时候就可以和老师厮守在一起了。"方夏夏又开始做起了师生恋的白日梦。

课上到一半的时候,方夏夏竟然睡了起来,边睡边哼哼,像小猪一样。

米星希过来,用书本敲她的头。

她醒来后,不知所措,晃着脑袋说:"怎么了,发生什么事了?"

"这是上课时间,请不要睡觉。"米星希脸色严肃。

方夏夏脸上立刻露出甜蜜的笑容,连连点头。

这期间,班里没有人说话,特别是单小刀、灰满城他们,都很安分守己。

米星希看着他们笑,他们也对米星希笑,似乎大家心里都明白什么,却又不说。

全班就在这样一个互相揣摩的过程中上完了米星希的课。下课的时候,米星希说:"今天的纪律真好,希望同学们能长期保持下去。"

次日,"925行动小组"又把大家召集到了一起,单小刀兴奋地问大家:"是不是把米星希老师那三个QQ号删掉了?"

大家齐刷刷地摇头,因为除三个先驱者以外,全班再没有发现哪个人好友里有那几个号码。这回情况严重了,单小刀睁大了眼睛,说:"难道老师在每个人的好友里都使用不同的QQ号码?那么说米星希老师就有四十多个QQ号码?"

班里的电脑高手木木地对单小刀说:"我已经成功地把那三个号码炸掉了!"

单小刀很生气地说:"笨蛋,那三个号码已经没有用了。"

男生们感觉到草木皆兵，如临大敌，而女生们的表现却太令人大跌眼镜。有的女生竟然对此事充满了浓厚的兴趣，觉得在众多网友中找出哪个是米星希老师，简直是最酷的一件事情了；有的女生还建议如果把米星希找出来，就好好地捉弄他一下。

单小刀失望透顶，真是女生啊，这就是男生和女生的不同。

"不过，'925行动小组'仍然要坚持斗争，一定要把网友中的老师找出来。"

我说："好的，我支持你，可是怎么找呢？"

"是啊！真的很难。"单小刀一时也没了主意。

"有什么难的啊？米星希还不至于让我们这么费脑筋吧！"方夏夏大口喝着牛奶，偶尔把嘴中的吸管抽出。她说："我要是找到老师的号，我一定会和他好好地网恋一次。"

"你清醒一下好吗？我们现在没有老师的号啊！"

"那还不容易，我们可以派人深夜潜入老师的办公室、微机室，把他电脑中的所有QQ记录都抄下来，这样不就知道了吗？或者请黑客攻击老师的电脑！"

"请黑客要花很多钱的，你这个想法真的很白痴啊！"单小刀说她。

"我又想到了一个主意，我们可以去找林可可，她和米星希一个办公室，我们让她留意一下吧！"

"她是老师！能帮我们吗？"

"能不能帮，试试不就知道了！"方夏夏很坚定地说。

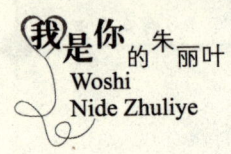

3.请女老师对付男网友

方夏夏因补习外语曾经与林可可同住过,所以关系自然比其他人要好得多。

这天中午,方夏夏借研究外语难题的名义,来敲林可可老师的门。

方夏夏只轻轻地敲了三下,听没有声音,以为老师不在寝室,或者在午睡,就打算离开。

她没走出几步,林可可的门就开了,看是方夏夏,林可可很高兴地把她叫了进去。

方夏夏走到林可可门口时,米星希的门突然也开了,他探出脑袋满腹狐疑地看了看方夏夏,说:"有问题下午问吧,林老师还要休息呢!"

"没关系,我不睡觉,正好找方夏夏聊天。"林可可很开心地笑了笑。

进了屋子,方夏夏发现林可可正在网上下棋,就坐在她旁边支招。后来,她就试探地问林可可知不知道米星希的QQ号码。

林可可听了根本没说什么,立刻就把米星希的号码告诉了方夏夏。

方夏夏一看,那个号码就是被班里电脑高手炸掉的三个之一,一点儿用处都没有。

林可可说:"你加这个号码试试,应该能碰到米星希。不过,据他说，这个号码最近出了点问题，总是上不去！"

"哦，有这种事？"

"当然，米星希为此非常生气！"

"你知道他还有其他的 QQ 号码吗？"方夏夏说。

"有，但具体的我不知道。"

"老师，你能帮我看一下他电脑上的 QQ 记录吗？只要他登录 QQ 就会有号码记录的。"

"你要这个做什么？"林可可警觉地问。

"因为……因为，我们和米星希打赌，如果我们能够找到他的那些秘密号码，我们就能得到意外的奖品，是出乎意料的哦！"方夏夏撒谎功夫一流，而且还套用吊胃口必杀技。

林可可也是一个好奇心很强的人，她对方夏夏的话很感兴趣："到底是什么奖品，说说看！"

"老师，你答应帮我们，我就告诉你。"

"好的，没问题。"林可可满口答应，"不过，奖品可要留给我一份哦！"

"好的，我代表全班同学感谢你！"方夏夏跑到林可可身后，替她又是按摩肩膀又是捶背。林可可很是受用，眯起眼睛享受起来。

第二天，米星希有事离开了办公室，方夏夏目送林可可走进办公室，她进去刚刚两分钟，米星希就回来了。

方夏夏吓得撒腿就跑，我站在走廊的另一侧看热闹。过了几分钟，我就听到办公室里传出米星希的声音："你在做什么？"

"没做什么，只是上上网！"

"上网为什么要查看我的 QQ 源文件？"米星希步步紧逼。

"我好奇就想看看，怎么？不行吗？"

"行！可是，我刚才怎么看到方夏夏跟在你后面鬼鬼祟祟的？你们是不是有什么阴谋？"

"方夏夏？我怎么没有看到她？"林可可好像有点儿心虚，声音颤颤的。

"快招了吧！你中计了！我根本就没有去别的地方，而是躲在楼梯下面看你们的行动！你什么都没有找到是不是？告诉你吧，电脑里的QQ源文件早被我删除了，哈哈！"

"啊？你早有准备？"林可可大惊。

"当然。那天方夏夏去找你，我就知道有事，所以我一直在你寝室门外监听，你们的谈话我都听到了。他们根本就没有和我打赌，他们只是利用你找到我隐藏在他们QQ中的号码，可惜啊！"办公室里传出米星希阴谋得逞的嚣张笑声。

"可恶！"方夏夏在我身后气得咬牙切齿。

这时，教务主任走了过来。他推开办公室的门，十分惊讶地说："停电半个小时了，你们怎么还坐在电脑旁边啊？"

两个老师没有答话，办公室里一片死寂。我这才发现走廊里的灯没有亮，果然停电了！

这么说，他们根本就用不了电脑的，林可可也不可能去打开电脑呀！

我全明白了。

刚才，林可可和米星希是在唱"双簧"，他们之间的对话是事先准备好的，目的是迷惑我们，可惜被教务主任给搅黄了。

"林可可居然敢骗我！以后再有她的课，我们就罢课！"方夏夏气得嘴都歪了。她气呼呼地往前走，嘴里不停地诅咒着林可可，还反复说着："罢课！罢课！"

"他们都是老师,只会合伙搞我们,怎么会那么容易就被你收买?"我刚说完,上课铃声就响了起来,无数学生潮水般涌向教室,我和方夏夏被淹没其中。

林可可的出卖对我们来说确实是一次沉重的打击,想找出米星希的QQ号这个愿望看来是遥不可及的事了。

方夏夏得出一个结论:老师都是骗子,不能相信老师,学生和老师不可能成为真正的朋友。

4.交换各自的秘密

当"925行动小组"再一次在班里嚷着找老师QQ号的事情时,响应的人已经寥寥无几了。单小刀依然在前面喊着,万眉婉不理睬他。万眉婉说:"有在网友里找老师的时间,不如多看看书,把时间花在无聊的事情上多不值啊!"

听到这话,单小刀急了:"万眉婉,你泄露了同学们的QQ号,你怎么可以打退堂鼓啊!"

万眉婉瞪了一眼单小刀,说:"像你这样嚷嚷,能从网友中找到老师吗?多用用脑子好不好?其实能和老师网上聊天也是一件不错的事情!"

单小刀傻了眼:"万眉婉,你不会是在好友里找到老师了吧?"

万眉婉说:"是啊,我找到了,又怎么啦?"

单小刀还想说什么的时候,一个高个子女生站了起来,她说:"我说两句吧,我也同意万眉婉的看法,我觉得能和米星希老师聊天确实是一种享受,这种交流方式很不错。"

但男生们却是另一种想法,而且这几天下来,有几个男生也发现了一直隐藏在自己网友中的米星希。他们二话不说,便把米星希的QQ号给删了。

单小刀立在那里呆呆地看着男生和女生的唾沫星子在自己眼前飞

溅,一时无话可说。他坐在座位上,对我说:"米星希老师的攻心术实在太厉害了,我们放弃吧!"

我说:"你难道要解散'925行动小组'?"

他说:"我是这么想的,我也觉得这样找下去很无聊。"

"真是明智之举,单小刀,你这个决定真帅!"万眉婉说。

"人帅不帅啊?"单小刀得寸进尺。

"帅,就像《那小子真帅》的主人公那么帅!"方夏夏插嘴道。

"你们女生真认为我帅吗?"

"当然了,特别是你打篮球时,怎么投都不中,累得两眼发直都无济于事时,最帅!"

"啊?原来是这样啊!"单小刀失望之极。

在单小刀宣布解散"925行动小组"的第二天,班里发生了一件大事。

一位家长来学校找米星希老师,说她的女儿一夜未归。

她的这个女儿就是那天声称和米星希老师聊天是一种享受的女生。

米星希和那位家长找遍了那个女生该去的所有地方,都没有找到她,不得不报了警,等了两天,依然没有那个女生的消息。

全班同学都为这事着急,大家开始分头找,像那个女生常去的网吧、商店、公园、肯德基、迪吧、补习班……但是,连女生的影子都没有看到。

谁也不知道那个女生到底去了哪里,她到底去干什么了呢?

有很多人说也许她是去见网友了,可是即使是见网友也应该和家里说一声啊!

女生出走的第四天,米星希老师在网上碰到了她,当时是万眉婉跑到教室告诉大家这个好消息的。

大家一齐奔向了微机室，可是看到眼前的一幕，每张充满笑容的脸刹那间都松弛了笑肌。

偌大的微机室里，只有米星希老师目不转睛地坐在电脑前，他双眼布满血丝，两颊明显瘦了很多，在电脑的旁边放着几个方便面盒子，旁边还有一个用数把椅子拼成的小床。

万眉婉说米星希老师已经在这里待了四天了。

全班同学都挤在微机室门口，伸长脖子向米星希张望。大家都很吃惊，因为即使是在遭受失恋打击时，他也从未如此忧心忡忡过。

米星希好像此刻才发觉我们的到来。他戴上眼镜，看着我们说："你们进来吧！不要在外面站着了。"

大家这才一个个悄悄地走了进去，好像我们的脚步一重，就有可能把网上的那个女生吓跑一样。

我们围在米星希老师的身旁，紧张地盯着电脑屏幕。万眉婉说："老师，你坐在一边，你说，由我来打字。"

"老师，你歇一会儿吧！"

"老师，你吃饭了吗？"

"老师，你在这里为什么不告诉我们？"

同学们都很关心米星希，问这问那的，似乎每个人都意识到，原来米星希与我们是那么亲近，那么息息相关、血肉相连。

有个女生还哭了，她是方夏夏。她站在最后面，深情地看着米星希。我叫她，她却突然跑掉了。

过了一会儿，她又回来了，为米星希买了一张比萨饼。

现在，那个女生在远离学校三百公里的地方上网。她本打算去见

网友的,可是到了那里,不但没有见到网友,还遭遇小偷,身上的钱被洗劫一空,落得身无分文,甚至想到了自杀。

米星希老师这两天一直在网上陪她,劝她,开导她,尽管她没有说出具体位置,但米星希拖住了她,使她没有离开那家网吧。此刻,女生的家长和警察已在赶往那家网吧的途中。

米星希亲切地说:"回来吧!老师和同学们都在等着你回来,在前方还有很多美好的事物等待着你……"

女生没有回话,她的QQ图标静静地挂在线上。

过了许久,那个女生发送视频请求,米星希立即"接受"。

当我们看到女生的脸时,大家都惊讶了,她眼窝深陷,整个人都瘦了一圈。

她泪流满面地坐在电脑屏幕前,她说:"为什么?你们为什么要对我这么好?"

"因为我们都是同学,大家都是你的兄弟姐妹。"

"我不会去死的,我会活下去,等我回来……"女生轻轻地说。

米星希没有说话,他的脸上露出了微笑。我们围在米星希的身边,第一次感觉到与他的心贴得那么近。

四周静悄悄的,只听到米星希温情的话语和万眉婉手指敲击键盘的声音。男生、女生就那样注视着电脑屏幕,看着平日里板着脸的米星希,骨子里那些对米星希小小的抗拒像陶瓷花瓶一样"啪"地碎掉了,心中充盈的是温暖的感觉。

两天后,那个出走的女生又回到了她的座位上,一切恢复正常。

米星希没有追究这件事,没有去找女生谈话,似乎已经把这件事忘掉了一样。

这件事过去不久,我们班就召开了一个以"网络时代"为主题的班会。在班会开始时，米星希神秘地说："今天，我要给大家一个惊喜。"

同学们听后都不明白是怎么回事，惊喜？会是什么呢？

米星希从包里拿出了一张纸，在空中向大家晃了晃，可以模糊地看到上面有几排小字，但却看不清写的是什么。后来，米星希开始不紧不慢地念了起来："我在单小刀好友中的 QQ 号是 3563……"

全班哗然，原来他是在公布自己的 QQ 号，简直太令人惊讶了。

被他念到名字的同学，男生不免吐吐舌头，低下头；女生则昂着头，笑盈盈地听着，可脸上却是一会儿红一会儿白的，最后，也把头低下了。有个女生嚷着没脸见人了，"咚"的一声，脑袋落在书桌上，随后将一套试卷蒙在了自己脸上。

米星希念的那些他在每个学生 QQ 里的网名新潮前卫、风格各异，令大家惊叹不已。

米星希红着脸向同学们道歉，说自己不应该去探听大家的秘密。他做这事的初衷是因为网络上的骗局太多了，怕我们上当受骗。可是大家对老师的道歉充耳不闻，每个人都抬起头微笑着，仔仔细细地打量着坐在前面的这个可亲、可爱、好玩的网友老师。

虽然大家都知道了米星希在自己号码中的网名，却没有人删掉他，许多先前删掉老师的同学又重新加了老师做好友，包括单小刀在内的三个人也加了老师，因为老师一直在为他们保守着秘密，为此，他们一直对老师感激不已。

我问单小刀他的秘密是什么，他小声地对我说，是暗恋万眉婉的事情。

我偷偷地想，这算什么秘密，我还暗恋万眉婉呢！

放假的时候,我们坐在家里和米星希聊天,问作业、查资料、玩QQ游戏、在班级校友录中玩命灌水……诉说成长中那些小小的烦恼,包括自己暗恋着某个人,还有那些鲜为人知的秘密。米星希会耐心地帮我们出主意,想办法。有时,他也会把他的秘密和烦恼告诉我们,我们互相交换秘密,享受着那份小小的快乐,却永不外传。

我想,这应该就是真正的无界限的沟通吧!

Chapter 4
美女老师跳楼记

1. 两张失踪的照片

事情的起因很简单,那天,我去找林可可上课,顺便还想问一下米星希期中考试成绩的事,当我走进老师办公室的时候才发现,那里一个人都没有。

窗子开着,风把桌子上的纸吹得哗啦啦作响,门没有锁,说明老师刚出去不久。

听说老师们昨天去集体活动了,也许是玩累了,到什么地方休息去了吧!

我转身刚要离开,突然被林可可桌上的两张照片吸引住了。照片色彩搭配得很好,一张是林可可的单人照,她穿着一件连衣裙,站在一个假山旁边。她真是漂亮极了,不论是在老师里还是在学生里,我敢说没有一个人能超过林可可的。另一张是集体会餐的照片,酒桌旁共有八位老师,其中有我们的班主任米星希。林可可一旁是副校长,另一旁是一个女老师,她脸色微红,举着杯子在和副校长对饮,也不算是对饮,最多只是比画比画吧,其他老师也站着。但从照片可以看出,林可可和副校长之间更显得亲近些,这与她开朗率真的个性有关。

午后的校园里静悄悄的,偶尔可听到远处街道车水马龙的声音,还有校园里的鸟鸣。我的脑子里突然冒出一个奇怪的念头,这么好的照片也许还没有人欣赏过吧！不如先放在我那里几天，至少我可以向班里那些仰慕林可可的人炫耀一番。我以前要林可可的照片，她答应了，但总是不给，这次我就不客气了。我把照片夹进了我的本子里，关上办公室的门，若无其事地走回了教室。

回到教室，上课铃响了。由于老师没来，班里乱得像开锅粥似的，我和单小刀几个便玩起了扑克，这已经不是第一次了。正玩到兴头上，副校长来了，他恶狠狠地看着我们，还记下了我和单小刀的名字。我们很清楚，第二天，学校的广播里就会出现我们的大名了。因为学校有一个不成文的规矩——谁上课打扑克谁就会进入广播里，世上最丢人的事莫过于此。

下午时，我们男生去打篮球，女生在做班级的宣传板，我已把林可可照片的事忘得一干二净。我隐约记得把照片放在了教室里，本想拿出来显示一番，由于本人比较懒，还是放弃了。

我们班特别倒霉，在学校一进大门最显眼的地方就是我们班的宣传板，做不好则关系到我们班级的名誉，我想帮忙，但是插不上手。

果然不出所料，我们的名字果然出现在了次日早晨的广播中，而且还是教导主任亲自念的。单小刀气得站了起来，把杯子狠狠地摔在了地上，不过没有碎，因为那是个铁杯子。

我也抬不起头，副校长的这种做法真的是太残忍了，虽然这次被点名的同学不只我们几个，还有几个外班的人，但心里感觉仍不怎么好，这种丢面子的事以后还是少干为妙。

体育课结束后，我坐在操场的正中央打球，忽然想起了我本子里还夹着那张林可可的照片。我真是个笨蛋，今天我还碰到了林可可，她笑着问我校艺术节我们班准备什么节目，由于做贼心虚，我连说话都结结巴巴的，我说如果老师能为我们当指挥就再好不过了。

林可可眼睛一亮:"指挥,我是教外语的,对音乐可不怎么在行哦!"

"不会吧,米老师经常提起你,说你在办公室里唱歌哦!"我说。

我想一直珍藏那两张照片,直到毕业。

我回到教室,小心翼翼地打开那个本子,把纸一页页翻过,我想再看一眼那照片。

可是,翻了好几遍都没有找到照片。我把书桌里所有的东西都翻了出来,找了好几遍,仍然连照片的影子都没有。

难道是我弄丢了吗?不会呀,会不会是我忘了拿了或掉在了哪里?我顿时有种忐忑不安的感觉,觉得事情有些不妙。

2.被人做了手脚的宣传板

照片丢失令我不安,我顺着走过的那条路寻找,但是没能找到。

林可可找我,让我们班先选几首歌,她再帮我们精选一下,然后陪我们练。

在林可可帮我们班排练大合唱的间隙,我总是和她坐在一起。

我不敢看她的脸,我心里总想着那两张丢失的照片,她现在是否已经发现这件事了呢?于是,我试探地问她:"老师,你们那天出去玩得好吗?"

"当然好了,我们还照了很多的照片呢!我不是答应过要送照片给你吗?等毕业的时候就晚了,可惜到现在还没有洗出来。"她边说边翻着歌本,"为教师节献礼是个大型的活动!"

照片没有洗出来?我那天拿的照片不是林可可集体活动照的吗?

如果真的是那天照的照片,极有可能是谁把照片洗出来以后送过来,结果发现办公室没人就放在桌子上了,在林可可看到照片之前,我先看到了。

我摸不着头脑,想不清楚。远处,副校长大步流星地走来了,我和林可可都喊了句:"校长好!"

副校长狠狠地看了我一眼,什么都没有说就走了。

晚上,我做了个噩梦,那两张照片又奇迹般地回来了,就放在我

的那个本子里，不过，它是放在本子的夹心处的。但照片中的人却一个都没有了，照片变成白纸了。

校长在早晨的广播中又把一部分人的名字念了出来，像法官宣布罪犯罪行一样。

过了两天，也就是我偷走林可可照片的第五天，班级的宣传板总算是做好了，我和几个班委看着自己的杰作真是不知道说什么好。天色已晚，我们想象着明天当全校师生涌入校园时，看到我们班漂亮的宣传板会惊讶到何种程度。

第二天一大早，我刚吃过早饭，单小刀就跑来找我："不好了！不好了！"

我还没来得及问是何原因，就被他拉着下楼了。

离得很远，就可以看到宣传板前围了一堆人，一层层的，就像观看人体艺术摄影展似的。

我和单小刀推开一个又一个肩膀，总算挤了进去。

人挤进去了，我也吓呆了。

宣传板完好无损地放在那里，一点东西也没有少，可是却多了东西——那就是我从林可可桌子上偷的那两张照片。

不过，那两张照片已不是我偷的时候那般大小了，而是被放大了好几倍。两张照片一上一下地放在那里，林可可的单人照没有什么变化，不过那张野餐的照片就不同了，被人用剪子剪过了，像剪影似的，整张照片只剩下了林可可和副校长大人举杯喝酒的形象，好像全世界只有他们两个似的。

我的脑袋"嗡"地响了起来，事情真的有些不妙了。在场的学生七嘴八舌，对着照片指指点点，说林可可如何如何风流，是个不正经的女人。我真的无法忍受了，上前一把抓下了照片，把它撕得粉碎。

我离开时,发现班主任米星希脸色阴沉地站在人群中。他问我:"照片是谁贴上去的?"

我摇头。

"上个星期二下午,你去过我的办公室吗?"

我再次摇头,心怦怦地跳个不停,上个星期二,就是我拿林可可照片那天。

"看到别人进过我的办公室吗?"米星希说。

我继续摇头。

他没再说什么,转身离开了。

难道那两张照片是米星希洗回来的?

不到半天,全校师生就都在传着宣传板上照片的事了。林可可和副校长被一些无聊的人编织在了一起,林可可被说成是狐狸精,副校长则被说成是……简直无法入耳。

3.美女老师的跳楼事件

本以为我撕了照片就可以万事大吉了,没想到第二天,那两张照片又鬼使神差地出现在学校各个醒目与不醒目的地方,大到学校楼梯,小到厕所的白瓷砖上。

林可可得知此事后大哭一场,连课也没有心思上了,整日闷在宿舍里不敢出门,因为一出门她就会成为众多学生和老师的眼球目标,她无颜面对她昔日的学生了。

副校长的情况更加严重,每天早来晚走,尽量在学生都走光的情况下再出校门,他实在无法面对那一阵阵莫名其妙的笑声。

学生中对这件事的看法有两种,一种是大众型的,把林可可和副校长说得一无是处;另一种对此事有怀疑,认为那是诬陷,这样认为的人是理智型的,想得比较客观,我就属于这一种人。

全校大概只有我才知道事情的真相,全都是我的错,如果不是我偷照片,就不会引出这些乱七八糟的事情来。

林可可还没有结婚呀!虽然她和米星希之间打打闹闹,总会引起同学们的无限遐想,但两个人始终没有个明确的态度。发生了这件事,两个人的关系变得更加扑朔迷离,米星希对她的态度似乎有所改变。副校长虽说是严厉了点,但也是一个好人,一大把年纪,为教育事业奉献半生,到头来却遭到如此的诬陷,这到底是谁干的呢?

正当事情在全校闹得沸沸扬扬之时,又杀出了个"程咬金",那就是副校长大人的妻子,一个信任了他半生的女人(不是原配,和副校长结婚时还带着一个小男孩)。

那天,我刚从教学楼出来,就看到操场上一群人正向教师宿舍楼奔去。人群中为首的是一名虎背熊腰、身材肥硕的女人,身后跟着一群没有头脑、瞎起哄看热闹的学生,人群越走越长,越来越粗,好像所有的人都知道会有好戏上演似的。

副校长妻子在林可可的窗台下站定(她的宿舍在三楼),仰望着林可可那敞开的窗子,眼泪从她的眼眶中喷涌而出,脸无表情,样子酷死了。

她的这种酷姿势持续了约两分钟后,"啊"的一声哭了出来,随即坐在了升旗台上,大声地痛哭起来。那哭声凄厉、恐怖,时断时续,真的是好可怜呀!

我们本以为她会破口大骂,可是她并没有那么俗气,只是一个劲儿地玩命哭,好像中戏表演班学生在练习一样。

我心中不禁对她产生了一种崇敬之情,果然是副校长的老婆,就是与众不同。

当我们正在欣赏着副校长妻子的哭声时,林可可突然出现在了五楼宿舍的楼顶,面无表情,身上穿着照片上的那条长裙,缓缓地走在楼顶边缘。

在场的每一个人都呆了,难道林可可要跳楼吗?她真的会跳吗?

聚集在楼下的学生越来越多,大家叫嚷着:"林可可跳楼了!跳楼了!"只见教学楼的楼梯口数不清的师生鱼贯而出,扑向操场,比上课间操还积极踊跃,还意气风发。

副校长太太也不哭了,见此情景,脸都绿了,说:"大妹子,你可别想不开呀！我也不是成心对你，我又没说你什么，年轻轻的干吗要这样呀！"

副校长太太的声音越来越大了："我到这里哭不光是为了副校长的事，我的服装生意赔了，我心里委屈呀！我想找个地方发泄一下，于是就到这里来了，这件事和你无关啊！"

可是林可可并没有听这些，瞧都不瞧副校长太太一眼，她站在楼顶看了一会儿，随后弯下腰，从后面拿出了一条长长的绳子，不会吧！林可可要干什么？

这时，米星希赶到了，他站在楼下，大声喊道："可可，我来了，你别动，你别动好吗？"

林可可看了他一眼，没有答话，继续弯腰摆弄绳子。

米星希急得满头大汗，声嘶力竭地喊着："可可，等我，我来了！"

说着，他一个箭步冲进宿舍楼里，我们几个学生跟随其后。

到了楼顶，我看到林可可还在摆弄着绳子，目光呆滞，似乎已经心如死灰。

"可可，不要这样好吗？你不要想不开！"

"可可，一定是有人在操纵着照片的事，大家并没有另眼看待你，你不要吓我好吗？"

"可可，如果你想跳的话，我愿意随你而去！"说着，米星希就开始脱衣服，样子十分搞笑。

"老师，你脱衣服干什么？参加长跑比赛还是去游泳啊？"方夏夏笑嘻嘻地说。

"当然是跳楼了！连这都看不出来？"米星希说。

"看不出来……"同学们一齐摇头。

"老师，跳楼为什么要脱衣啊？"苏美达很不解地问，他这个人总

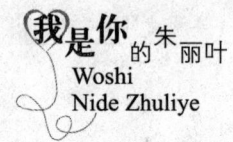

喜欢不合时宜地问些无聊透顶的问题。

"跳楼……跳楼脱衣服的目的是为了保持衣服干净，这样可以避免身体在落地时因流血而弄脏衣服，你们不知道吧？这套衣服、裤子共花了我三百多元哦！三百多元哦！弄脏了，那还了得！"米星希说这话时，我们听得眼都直了，差点晕死过去。

林可可已经把绳子举了起来，不好，林可可要改上吊了！

我的心提到了嗓子眼，吓得不敢出声。

这时，学校里其他男老师也都勇敢地冲上了楼顶，其中不乏爱慕林可可的未婚男老师。

米星希见此情景，变得非常兴奋，也很着急，有点不知所措。

"米老师，该到你表现的时候了，再不上机会就没了！"方夏夏大声叫道。

已脱得只剩一身运动短装的米星希，简单做了几下热身运动，便大喊一声："可可，我陪你一起跳楼，我来了——"

他的声音大得出奇，林可可抬起头，挑衅地看了他一眼。

这时，令人意想不到的一幕出现了。米星希竟然甩开双腿直直地向楼顶边缘跑去……

女生们吓得当时就闭上了眼睛；我想去拉米星希，但为时已晚，只好闭上眼睛。

本以为可以听到电影里那种肉体落地闷闷的声响，却听到"啊"的一声惨叫。

睁开眼睛，我看到米星希正极端痛苦地躺在林可可脚边，他脖子上套着林可可手中的绳子，胳膊和腿摔得血迹斑斑。

"米老师，请爱惜你的生命！"林可可静静地说。米星希吃力地咳嗽着，绳子仍在脖子上。

原来，刚才米星希跑向林可可的时候，她突然拿着绳子站了起来，她先是一手抓住米星希的右手，之后，挥起另一手中的绳套，猛地一拉，米星希应声倒地。

如果不是她这么一拉，也许米星希早已落在了楼下的花丛中了，那后果将不堪设想。

又过了一会儿，林可可把绳子在楼顶弄好，转身走了。她这一走不要紧，所有人都惊呆了，她要做什么？

我们把遍体鳞伤的米星希扶了起来，他望着林可可的背影对我们说："这就叫置之死地而后生，你们要以老师为榜样，发扬坚忍不拔的精神，全身心投入到学习中去！"

同学们一齐点头。

苏美达拿来了老师的衣服和裤子，米星希指着衣服说："看我多有先见之明！"

同学们继续点头，有人已经跑掉，据说是去厕所呕吐去了。

过了一会儿，林可可拿着大包小包的衣服，一件件地挂在了那个事先弄好的绳子上，原来她是在晾衣服，不是跳楼。

4. 熟悉的背影

　　学校里关于林可可与副校长的传闻因为跳楼事件而渐渐平息了，其实大功还要归属在副校长大人妻子的身上。那天林可可从楼上下来时，副校长太太忙拉住她的手又是道歉又是反省，说这一切传闻都是造谣，她自己也是老糊涂了，看了一封信就来弄事也太不值了。

　　大家都觉得奇怪，到底是什么信呀！于是，副校长太太便将那封信掏了出来，信封和信纸都是打印的，中间夹了两张照片——就是我从林可可桌子上偷来的那两张。信的内容大体上是把林可可和副校长大人紧密地联系在了一起，词语下流至极。大家看了都十分气愤，这很明了，有人在捣乱，本来安宁的学校，本来优秀的好老师好校长成了他捣乱的靶子。

　　如今，再也没有人相信谣言了，林可可依然辅导我们大合唱，可那个偷走照片的人到底是谁呢？他的真实目的又是什么呢？

　　这天，我和苏美达为班级大合唱的事忙了一下午，黄昏时准备休息，正好碰到米星希。于是，我们决定买些水果去米星希宿舍大吃一顿。途中，路过教学楼楼梯拐角时，我们发现那里站着一个人，一看那满头长发就知道是林可可老师。她站在那里一动不动，好像是在和什么人说话。

　　我们几个人躲在楼梯的另一角，此时楼里一个人也没有，因为今天学校大礼堂里正在放映一部好片子，大概是《建国大业》吧，要么就是《金陵十三钗》，反正人都跑光了，不是看电影就是和恋人结伴去压草坪去了。

林可可说："事情都已经到了这个地步，我希望你不要再纠缠我了，你做的那些事我没有说出来，就是希望你能学好。"

"我哪点不好啊？我哪点配不上你呀？我家有钱，我爸又有权，你要是和我在一起，有你享不尽的荣华富贵！"

这是个男人的声音，一听说话就知道文化程度不高，都什么年代了，还"荣华富贵"呢！

"你以前做的事我不想追究，我也希望你不要再打扰我！"林可可说完就转身走了。

那个家伙仍然死追不放："再给我一次机会，我保证以后再也不会那样做了，好吗？"

林可可不理他。

他继续说："你要车还是要房子，我都有，咱爸年纪大了，我可以把他接来。可可，原谅我吧！"

"你恶不恶心啊？滚！"林可可厉声呵斥。

"啊！"男人一声惨叫，接着，楼梯里传出一连串高跟鞋下楼的脚步声。

听声音，我猜林可可又使出了她的独门必杀技——夺命断情脚。

我们吓得赶紧往后撤，以防她看见我们，幸好她是下楼，如果是上楼碰到的话，我们连跳楼的心都有了。

不过，和林可可说话的那个人到底是谁呀？我们鼓足勇气，决定冲到楼梯口，看看此人到底为何方神圣！可等我们一伙人冲到刚才林可可说话的那个楼梯口时，却发现一个人也没有。

　　单小刀说那人一定走不远,也许是刚出楼梯口,到二楼的大阳台上一定能看得清楚。

　　我们又上气不接下气地跑到了二楼阳台,此时正好看到有个人缓慢地从操场穿过,看他那肥硕的体态我突然想到了副校长的太太。

　　我们三个不约而同地说:"是副校长的大公子!"

　　啊!是副校长的大公子!不会吧,他怎么能干出这种事呢?

　　真令人不可思议,这究竟是怎么一回事呢?

5.两个意外的惊喜

　　一个星期后，大家得到了一个令人振奋不已的消息，那就是副校长的大公子进班房了。一直都想荣华富贵，最终还是倒在了"荣华富贵"上。他是因为入室盗窃被抓的，说是到人家后，翻到了一笔巨款，仍不罢手，还要拿人家的一个大相册（里面全是大款"金屋藏娇"之娇妻的靓照），结果被对门的老太太发现，报了案。据说他被抓住时，还抱着人家的相册不放，嘴里不停地说："我要看美女！"

　　副校长与他这位太太结婚时，不仅接受了这个长相非常难看的女人，还接受了她那个长得像小猪仔的儿子。他从小就不学无术，副校长教育他，他也不听，因为不是亲骨肉，副校长不敢深说，只好放任不管。于是，要钱给钱，要什么东西都尽量满足他，最终养成了他好吃懒做、游手好闲的恶习。后来，他又与社会上小混混成了朋友，就学会了小偷小摸。

　　自从美丽的林可可分配到学校后，他就一直缠着林可可，要和她处朋友，像苍蝇一样对她穷追不舍，死皮赖脸地送这送那，结果都被林可可退了回去。

　　据林可可说，副校长大公子把自己怎么偷照片的事实都说了出来。有一天下午，他从我们班的门口路过，看到我在摆弄着东西，一贯游手好闲的他对任何事物都感兴趣，就停住了脚步。在我走后，他

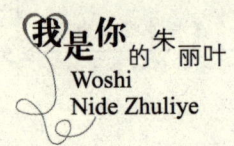

偷偷溜进教室，偷走了林可可的照片，并利用他在学校住的便利条件（他在学校附近和一个小子卖衣服，住在这里比较近一些），制造了宣传板事件及后来的那些令人难以接受的事情。

把照片散布到校园各处的原因，一是对林可可拒绝他的还击，另一个是对副校长的报复。他虽是副校长养大的，却一直仇恨副校长，因为副校长总管他。

事情有了了结，我们班的节目在艺术节上也大获成功，林可可还时常去五楼楼顶摆弄绳子，这回大家都知道她不是跳楼而是在晒衣服了。

可我还一直为偷她照片的事感到惭愧，每次见到她总会低下自以为帅气十足的头。

这天，是林可可的课，下课时，林可可叫我留下，并顺手从抽屉里拿出一张照片给我。我真是不敢相信，美丽的林可可竟然把她的照片给我了。她说："以后记住，不要随便拿别人的照片，这算是我给你的见面礼吧！以后我们要多合作！"

我不禁一愣："为什么合作？"

她微微一笑："因为我想让你做外语课代表！"

原来如此……

Chapter 5
武侠老师智斗灰满城

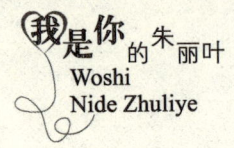

1. 我的同学是"通缉犯"

米星希差点儿和灰满城打起来。

灰满城是我们班里的一个男生,"灰满城"是他的网名,大家认为取得比较有趣,就经常叫起来。他个子很高,长得很帅,爱打架,但追他的女生很多。他学习很差,但他爸很有钱,他不喜欢老师,所以,经常在课堂上搞小动作,特别是喜欢与老师作对。

有一天,在课堂上,他不听米星希的教育,米星希刚抬起手,他就从椅子上站了起来。如果同学们不拦住他,他就要和米星希打起来了。

米星希说他的原因很简单,因为他在另一个老师的课上乱扔纸条,还不听老师管教,继续在课堂上乱扔纸条,和同桌的女生说话。后来,那个男老师索性不管他了,可当老师走过他身边的时候,他居然在老师背上贴了一张纸条,上面写着:"离我远点儿,我是流氓!"

贴完之后,他就一个人坐在椅子上笑,同学们也笑,笑得那个老师很莫名其妙。老师说:"有什么好笑的!闭嘴!!"

他说闭嘴,大家就闭嘴,没有人告诉他身后有纸条的事情。

下课的时候,那个老师仍没有发现他背上有纸条,迈着缓慢的步子走出教室。

他走以后,班里的同学就跟了出去,悄悄走在他的后面。他穿过走廊,风吹起他背上的纸条,更加引人注目,走廊里有的学生都笑得

武侠老师智斗灰满城 Chapter 5

前仰后合,有个高度近视的男生,以为老师的背上贴了什么重要通知,还一本正经地凑到老师背后去看,毕竟视力有限。

那个老师发现背后被贴纸条的事后,感觉很没面子,找到米星希,米星希当即就猜出是灰满城干的。

虽然经过同学们的劝阻,灰满城没有和米星希打起来,他却一气之下逃学了。

他一直看老师不顺眼,对老师有仇视心理,自认为家里有钱,考试是没有用的,认为大家压抑他。

米星希实在无法忍受他的行为,只好找他家长。

他老爸是一家公司的老板,得知儿子犯错,马上开车赶到学校,又要请米星希吃饭,又要送他东西,米星希一一谢绝,并告诉灰满城爸爸,回去好好管住自己的孩子。灰满城爸爸当即表态,说一定回家管孩子,结果灰满城还是老样子。

一天下午,米星希正在上课,有个学生报告说灰满城和别人打架了,还受了伤。

米星希马上去找灰满城,但找了整条街也没有找到。他满头大汗地站在街边休息,但他站的地方有点儿不对,因为那里坐着一个乞丐,浑身上下脏兮兮的。那乞丐拉住米星希的衣角不放,带着一副哭腔说:"救救我吧!可怜可怜我吧!"

米星希是有名的吝啬鬼,他看了乞丐一眼,说:"别演戏了!有时间向别人要吧,我的钱还不够花,哪有钱给你,没看到我正忙着吗?"

"你这是什么态度嘛!还是老师呢,一点同情心都没有!我在这里坐了一天,都没讨到一个子儿!"乞丐说。

"你知道我是老师?"米星希说。

"当然,你不是叫米星希吗?教高中的,而且我还知道你在找人。"

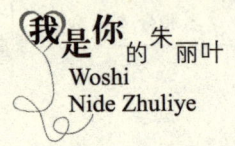

"啊？我这么有名吗？快说！人在哪儿？"米星希着急地说。

"拿钱来！"

"好吧！"米星希掏了几个零钱给他，乞丐才告诉他，说那个受伤的男生被一个女老师弄到医院去了。

"女老师？长得什么样子？"

"长发头，很漂亮的样子！"乞丐说。

"哦，我知道了，谢谢。"米星希刚走几步，回头对乞丐说，"你的形象太老土了，弄个假残疾什么的也许会讨到钱！"

"好的。"乞丐说着就从包里拿出一条假腿，比画起来。

米星希到了医院后才发现那个女老师竟然是林可可。

林可可说她是在学校旁边的小街上看到灰满城的，当时他正坐在墙根瑟瑟发抖，满脸是血，于是，她就把他送到了这里。

米星希走进病房，看到躺在床上的灰满城，他的头、胳膊上都缠着纱布。

灰满城看到米星希时，把脸转了过去，因为他的脸被刀子划出了一个口子。

当时，我和苏美达及其他几个同学也站在门外，围着医生问个不停，大家都以为灰满城这次没有命了。

后来，米星希走出病房，和林可可去走廊的一边说话。

过了十分钟，我们再一同进入病房时，却发现灰满城不见了，我们找遍整座医院都没有找到灰满城。晚上的时候，米星希给灰满城家打电话，他老爸说他根本就没有回家。

第二天，有学生家长找到学校，说灰满城用刀子捅了人。大概就是昨天天黑以后的事，他潜伏在打他的那个男生家门口，在那个男生拿钥匙开门的时候，一下从男生背后蹿了出来，用刀子狠狠地捅了两下男生屁股，顿时，男生屁股就开了花，血流不止。

灰满城捅完人以后，刚要逃之夭夭，只听到男生一声惊叫："鬼啊！"

男生叫的原因是他看到了灰满城缠着白纱布的脑袋，也许那个男生以为遇到了僵尸。

被刺了屁股的男生家长向灰满城家长索要医药费，灰满城的老爸这次又开着小车来到学校，十分慷慨地给了男生家长很多钱，男生家长很满意："这还差不多！"

灰满城爸爸笑了笑，很自豪地说："小孩子打架嘛，就是那么回事儿，下次的钱比这次还要多。"

"还有下次？我儿子的屁股是可以随便刺的吗？"那个被刺屁股男生的家长气得暴跳如雷，伸手就要打灰满城老爸。幸好，米星希在场，及时阻止了两个正在撸胳膊挽袖子的男人，否则，后果不堪设想。

此后三天，灰满城始终没来上课，每天放学以后，米星希都会满大街地找灰满城。

一天晚上，米星希正在一条小街上找灰满城时，突然听到喊杀声。米星希走近了一看，那个在光影下挥动双拳的男生正是灰满城，他正被一群男生围攻。

米星希在街口站定，大吼一声："住手！放开我的学生！"

那些男生被突如其来的声音震住了，停住手，灰满城乘机跑进了另一条黑糊糊的胡同。

据说，灰满城走后，那群男生就向米星希扑了过来。米星希随之迎了上去，他们的身影被无尽的黑暗淹没，只听到喊叫声和身体碰撞的声音。

当时的目击者是班里的一个女生，她看到这一切时都吓坏了，当

街就大喊大叫起来。

她喊了一会儿，看到米星希竟然安然无恙地从黑暗中走了出来，只是衣服有点零乱。

没过几天，我们就听到一个比较神的传言：有一群痞子被一位不明身份的老师暴打了一顿。

那天晚上，米星希回到学校后，发现自己的包不见了，他找遍了办公室和寝室都没有找到，后来才想起来包有可能是和那些痞子打架时弄丢的。

他回去找包，刚走到教学楼门口，恰好碰到林可可，她手里正拿着米星希丢的那个包。他惊讶地说："我的包怎么在你手上？"

"是灰满城送回来的！"林可可说。

"他人呢？"米星希说。

"早就走了，他不让我说这包是他送来的！"林可可把包递给米星希。

"他还说了什么？"

"他说很佩服你！"林可可笑眯眯地走到米星希身后说，"他佩服你什么？"

"没什么！"米星希愣了一下，脸随之红了。

后来，灰满城告诉我们，当米星希和小痞子打架时，他就藏在角落里，目睹了一切，就从那一天起，他开始对米星希刮目相看了。

灰满城从那天晚上开始又消失了。

他玩失踪不要紧，可苦了学校里的学生。因为，自从那天以后，学校附近的小街里，经常会出现一些莫名其妙的痞子男生，每天都会勒索抢劫放学的男生女生。那些家伙每拦住一名学生，先是搜光他（她）身上的钱，然后郑重其事地对那个学生说："我们是灰满城的仇

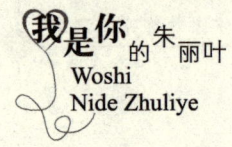

家,想要钱,找灰满城去。"

那些痞子男生还印制了统一的"通缉令",上面有灰满城的照片,还有悬赏的金额。

他们把"通缉令"发给每个被抢劫的男生女生,这些男生女生把"通缉令"拿回家,交给父母。于是,那些被抢劫的学生家长纷纷来找米星希,搞得他每天焦头烂额,应接不暇。

无奈之下,米星希只好报警。公安来了,那些痞子男生却一哄而散,跑得无影无踪。

警察走了,他们又卷土重来,反反复复,搞得学校不得安宁,学生胆战心惊。

由于找米星希投诉的家长不断,对于灰满城的失踪他也不那么关注了。正在这个时候,公安局突然打来电话,要米星希去公安局领灰满城。

米星希接到电话的时候吓得脸都白了,放下电话就直奔公安局。

到了公安局,米星希证实了灰满城的身份才把他领了回来。至于灰满城被抓进公安局的过程则非常有趣——灰满城在火车站等人,那天没有洗脸、没有刮胡子,又站在火车站前东张西望,一副鬼鬼祟祟的样子;当时是凌晨三点,火车站巡逻的警察正好注意到了他,因其长相酷似公安局通缉令上一名在逃杀人犯,便将他抓进了公安局。

灰满城比较倒霉,在警察抓他的时候,他反抗,被人家打了两拳。警察为安全起见,把他用手铐铐在暖气片上达五个小时。

米星希把灰满城带回去的时候,两个人都不说话。后来,米星希把灰满城带到一家小饭馆吃饭,在米星希去卫生间的两分钟里,灰满城又逃跑了。米星希回来时看到桌子上留有一张纸条,上书:不要管我,离我远点,和我在一起,你会倒霉。

2.我的老师是"武林高手"

灰满城在外面混了几天才开始上学,但他始终改不了爱打架的毛病,好像不打架他就浑身上下不自在一样。所以,上学没几天,他又与另一个老师打了起来。

不过,他这次打架却受到了全班学生的支持,因为他打的是一个大家都非常讨厌的老师。

那个男老师非常可恶,像疯子一样,经常打学生,不管男生女生,只要被他在学习上找到毛病,就会挨打,同学们都非常憎恨他。

那天,是那个男老师的课,灰满城趴在桌子上睡觉,被那个男老师的说话声吵醒了。他抬起头时,看到男老师正在训斥和他同桌的女生,那个女生平时很老实,根本就不会惹到老师,谁也不知道是怎么回事。男老师刚开始说那个女生的话很难听,女生就哭了,男老师不但没有停,反而变本加厉,用书打那个女生的脸,女生更受不了,就大声哭起来。灰满城非常生气地站起来,把桌子上的书向男老师的脸扔了出去。男老师很气愤:"你不仅要尊重我,还要尊重我所教的科目!真是无法无天了!"之后,两个人就打了起来。

灰满城个子高,男老师比他矮一些,两个人在教室里抱作一团打起滚来,很好笑的样子。大家看到男老师被灰满城压在水泥地上的扭曲的脸,都拍手称快,那些被男老师打过的男女生终于找到了报仇雪

恨的机会，看准机会就踢那个男老师，男老师被打得像猪一样"嗷嗷"乱叫。如果不是米星希及时赶到救出那个男老师，后果不堪设想。

米星希把灰满城带到了办公室，歇斯底里地指着他喊："你不打架就会死啊？"

"不会死，只会觉得浑身上下不舒服，再说是他先动手的！"灰满城抬着头看着米星希，一副若无其事的样子，而且说话的时候表现得很有礼貌；尽管衣服被撕得千疮百孔，仍然站得有形有款。

"不管怎么样，他是你的老师，你打他就是不对，全班同学打老师更是不对！你要向他道歉！"米星希说他的时候，不经意间挽起了袖子，手臂上露出一条细长的疤痕。

"老师，是我不对。你手臂上的疤是上次留下的吗？"灰满城问米星希，毕竟米星希在他被人围攻的时候救过他。

米星希飞快地放下袖子，掩盖住疤痕，没有说话。

其实他手臂上的疤就是上次救灰满城的时候留下的，只是他一直隐瞒着，大家都不知道，直到后来大家快毕业的时候，林可可才向我们讲起疤痕的事。

即使是米星希放下袖子，灰满城的眼睛仍然盯着米星希胳膊不放，不管米星希说他什么，他都一言不发，他的样子像一只听话的猫。

中途，米星希有事要出去一会儿，就对林可可说："你帮我说说他！"

米星希走后，灰满城这才松了一口气："真能唠叨，总算走了！"

"你不怕他唠叨，不烦他了？"林可可问他。

"怎么说好呢？一直都很烦他，只是现在觉得他是我的哥们儿，毕竟他曾救过我！"

"那你以后还逃课打架吗？"林可可边翻一本外语词典边说。

武侠老师智斗灰满城 Chapter 5

"不知道！"灰满城不经意间对林可可桌子上的一瓶化妆品产生了兴趣。因为他妈妈是做化妆品生意的，所以，他对化妆品的牌子、质量、效果都非常了解。于是，他就和林可可大谈特谈起化妆品来，并且讲得头头是道。林可可听得眼都直了，惊叹道："真没想到，一个男生竟然对化妆品有这么深的研究！"

"没什么，只是一点小常识而已。"灰满城和林可可聊完化妆品，又开始聊恋爱啦、班里的女生啦，林可可听得都入了迷，完全忘记了米星希交给他教育灰满城的任务。直到米星希回来，林可可和灰满城才停止了聊天。林可可还故意拉长声音："你——怎——么能打老师呢？你必须向米老师承认错误！"

米星希早已经看出门道，瞪了林可可一眼，没有理她，继续狠批灰满城。灰满城站立的时间比较长了，累得直打晃，米星希就让他坐下来。坐下来后，他始终一言不发，最后竟然趴在米星希的桌子上睡了起来，流出的口水把米星希的笔记本都弄脏了。

米星希非常生气，狠狠地拍了一下桌子，说："灰满城，你太过分了！"

"啊！"灰满城睡眼蒙胧地站起来。

米星希很生气，拉起他的手臂就往外走，一直把他拉到教学楼后面的一个僻静角落。

灰满城看了看四周，依然像处在睡梦中一样，无精打采地说："老米，你要干什么？"

"我要打你！"米星希挽起袖子，"来吧！我让你清醒清醒！让你知道学生是不可以随便打老师的！"

"你有没有搞错，是他的不对啊！他不那么过分地打我们，我们怎么会打他！"灰满城一脸无辜地说。

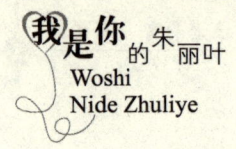

"少废话!"米星希大喝一声就冲了过来。

灰满城吓得脸都绿了,他真没想到米星希会来这一手,不过他也没把米星希放在眼里,见老师来真格的,他果敢地应对。

就这样,他们两个人就打了起来。

不一会儿,全班同学都来围观,林可可老师吓得差点哭出来:"都怨我!上了灰满城的圈套,真不应该在教育他的时候扯到别的上面,这下好了,口头教育不行,只能拳脚说话了。"

同学们开始都为米星希捏一把汗,怕他被灰满城这个家伙伤着,可是,事实却出乎大家的意料,米星希竟然三拳两脚就把灰满城制伏了。最后,灰满城上气不接下气地说:"我答应你,向他道歉!"

虽然灰满城向那个被他打的男老师道了歉,但是,那个男老师仍然不依不饶,告到校长那里。灰满城自然免不了被通报批评,米星希也被校长找去谈话,我们班也被其他老师称为"烂班"!

不知怎么搞的,灰满城被米星希收拾的事被其他班的男生看到了,大家口口相传,以至成了全校皆知的事件,搞得灰满城很没有面子,上学的时候都抬不起头,见到米星希就躲得远远的。

大家对米星希的兴趣越来越浓,谁都想知道米星希那套拳脚功夫到底是怎么回事!

恰好班里有个女生老爸是学校管档案的,同学们就求她,让她爸爸查查米星希的档案,最后查到的结果令同学们大跌眼镜:米星希从七岁起就开始学习武术,初中时还拿过全区武术冠军。

从此,不管是灰满城,还是班里其他任何一个男生,都不敢惹米星希了。

过了一个星期,又有校外的小痞子找灰满城麻烦,结果被米星希打得落花流水。米星希收拾完他们以后,在四周埋伏已久的警察一拥而上，把他们全都抓住了。至此，这个专门抢劫、勒索学生的犯罪团伙被一网打尽了。

以前那些想找灰满城麻烦的外校男生都打消了念头，他们传言灰满城找到了新的帮手。有的畏惧米星希，无法完成揍灰满城一顿的夙愿的男生就气急败坏地告到校长那里，说学校里有老师带头打架什么的。

校长大人和米星希一向关系不错，又明白事情真相，根本就没有听信那些家伙的谗言。

即使是这样，对于灰满城这个男生，米星希还是一直很头痛。米星希曾给灰满城家里打过电话，得知他一直都不怎么回家的；他问灰满城为什么不回家，灰满城却说他只是不想回家而已，再问他，他就什么都不说了……

班里的同学也都认为灰满城是个有问题的男生，至于他的问题在哪里，谁都不知道。

3.被卷入"四角学生恋爱旋涡"的老师

灰满城总算不打架了,米星希老师不用冒着被群殴的危险满世界地找学生了,大家都以为可以松口气了,可是事情却并没有想象中这么简单。

灰满城在做了N天"学生"后,又开始惹是生非了。

这次不是因为打架,而是因为女生,如果是因为一个女生也可以原谅,而他却是纠缠在三个女生之间。

关于这件事,要从一次女生打架说起。

一天中午,我正和苏美达、单小刀、方夏夏以及班里的若干男女生坐在操场边吃冰淇淋,忽然看到操场北面一片躁动,围了一堆男生,而且还有许多男女生正向那边奔去,我身边有几个外班男生也向那边跑去,边跑边说:"女生打架啊!精彩之极!"

我听到女生打架几个字,也来了精神,马上跟了上去,班里的男女生也跟在我屁股后面狂奔起来,那场面就像小学时跑步上室外厕所一样壮观。

到达女生打架现场后,我使尽全身力气才挤了进去,我被数个男女生挤在中间,搞得像块夹心饼干。

我踮起脚尖,伸长脖子,充分发挥我的个头优势,这才勉强看到被围在中央的两个女生。令我惊喜的是,两个女生居然我都认识,一个是六班的，一个是四班的，都是全校闻名的美女。

此刻，两个女生一个穿牛仔裤，一个穿裙子，相互怒视着对方，叉着腰，昂着头，双腿都迈着"稍息"的步子。

两个女生周围已经被男女生围得水泄不通。

牛仔裤推了一下裙子，很生气地说："我说他帅他就帅！"

"我说他不帅，就不帅，气死你！"裙子红着脸说。

"你说他不帅，还给他写情书啊？贱货！"牛仔裤说。

"你才是贱货呢，没事就在校门口等人家，结果人家连看都不看你一眼！"裙子说完这句也推了一下牛仔裤。

"你现在就给我说他帅，很帅很帅！"

"你让我说我就说啊！那我岂不是很没面子！"裙子四下看了看。

"你紧什么张啊？"牛仔裤不屑地说。

"瓦瓜（傻瓜）！"裙子说。

"你骂谁瓦瓜？"牛仔裤上前一步。

"我骂你了，咋的？你是瓦瓜，贱货！！！"裙子大声嚷道，激起男生哄笑一片。

牛仔裤冲向裙子，裙子也迎面冲上去，随后，两个女生就抱作一团厮打起来。

虽然我不是第一次见女生打架，但还从未看到过打起来这么凶的，真是百闻不如一见。

两个女生先是如多年不见的恋人般"亲热"地抱作一团，之后又松开，彼此使出女生之独门必杀技"夺命鹰爪功"相互抓挠，攻击的部位遍布头、脸、发、肩、胸、腰。与此同时，两女生还充分运用其灵活的腿功，又踢又踹。这时，大家终于看出了穿牛仔裤的好处来了，因为裙子女生裙子下的两条美腿很快便伤痕累累，被踢得青

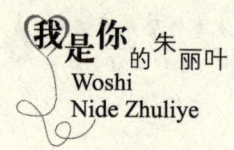

一块紫一块。但她并没有气馁,攻击变得更加猛烈起来,在牛仔裤伸手抓她头的时候,她突然双手一握就抓住了牛仔裤的手臂,伸出血盆大嘴就是一口,牛仔裤被咬得哇哇乱叫——此刻,我突然想起玩"传奇"时怪兽被我砍死的情景。

男生围得越来越多,却没有一个人去劝架,他们都在一边坏笑,刚开始我不知道为什么,后来看到牛仔裤伸长的手臂我才明白过来——不禁倒吸一口凉气,女生打架真是花样繁多,令我们男生望尘莫及。

牛仔裤几次"长臂必杀"就使裙子的上衣被撕得七扭八歪,连她的白色内衣都露了出来,看得那些男生口水横流。裙子根本就顾不上这些,也玩命撕起牛仔裤的上衣。不一会儿,牛仔裤的上衣就被裙子撕成了"乞丐服",其内衣也露了出来。牛仔裤气得眼睛都红了,伸手要去拉裙子的裙子,可惜牛仔裤试了若干次都没有成功。

不一会儿,两个女生漂亮的脸就已"五指纵横""红霞满天"了。

我站在一边,始终弄不明白让这两个女生打架的帅男生到底是谁。突然,人群中杀出一个男生,冲上前去拦在两个女生中间,原来是灰满城。

"灰满城,你到底是喜欢我,还是喜欢她?"牛仔裤问灰满城。

"你们打架和我有什么关系啊?快住手!"灰满城说。

"当然有关系了!你给我写情书,为什么还送她回家?"牛仔裤说。

"你胡说八道,他从来就没有送过我回家!"裙子说。

"你撒谎,前天晚上,我明明看到他送你回家的,当时你还穿着这条裙子!"牛仔裤说。

"没有,那不是我!"

"是你!"

灰满城拦在两个人中间，不说话。

之后，两个女生就又打了起来，灰满城夹在中间，免不了受伤。

两个女生战得正酣，又有一个男生飞身跳了进来，那个男生刚落地，就被牛仔裤一个"飞爪"击中，男生的脸上顿时出现两条血印。

这时，牛仔裤、裙子、灰满城和我们在场的所有人都傻了，因为飞身跳进来的那个"男生"竟然是米星希老师，他的脸在流血。他瞪着灰满城和两个女生说："有完没完！有完没完！！"

两个女生和灰满城都呆了，不敢吭声。

站在我旁边的万眉婉，小声对我说："老师怎么又叫我名字啊？难道他没看到我吗？"

"老师负伤了，你还有心思开玩笑？"我说她。

米星希看着三个学生，突然举起了一双握着拳头的手，两个女生吓得当时就后退两步："老师，我们不打了，不打了！"

我发现裙子的双腿在不停地颤抖，真搞不懂刚才还那么凶，怎么突然就变得这般胆小起来了。

我正在思索时，看到有个人从人群外匆匆地走了进来，裙子看到那个人变得双腿筛糠似的狂抖起来，因为那个人是她的班主任林可可。

林可可狠狠地瞪了裙子一眼，然后拿出创可贴，亲自给米星希贴上，在贴的过程中，裙子和牛仔裤企图帮忙，都被林可可严厉地制止了。

后来，裙子被林可可带回了班级，灰满城也被米星希带回班，最惨的是那个牛仔裤，因为她的班主任是政教处主任。她被训了一路，眼泪都撒在了操场上。

灰满城在米星希的办公室待了十分钟后，和米星希一起回班

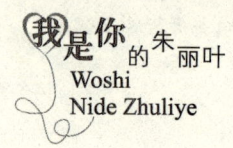

上课。

至于他们说了什么，大家谁也不知道。

上课的时候，同学们看到米星希脸上的创可贴就会忍不住笑，有的同学边笑边看灰满城，搞得灰满城上课的时候总是低着头，或者撇着嘴，不是瞪这个女生就是瞪那个男生。

方夏夏最会拍马屁了，在课上到一半的时候，她突然挥手叫米星希过来。

米星希拿着书一脸严肃地走到她身边，硬邦邦地说："有事吗？"

"有事，我想问一下，老师，你的脸痛吗？"方夏夏眨着一双痴呆的眼睛问米星希。

米星希看了她一眼，说："不痛。谢谢！请认真听课！"

"嗯！"方夏夏说完就从书包里掏出一盒创可贴递给米星希，"换一下吧！"

"谢谢！"米星希返回讲台，方夏夏的手和创可贴悬在空中，全班哄笑一片。

"换一下？你想取代林老师？"方夏夏身后一男生说。

全班又是嬉笑一片。

这时，我突然听到一声很大的响声，抬头一看，灰满城竟然站了起来，原来他把书包摔在了桌子上。他对着大家喊道："上课呢！笑什么啊？有什么好笑的？真是无聊！"

"笑你啊！"一个女生笑眯眯地看着米星希说。

……

放学后，我和苏美达被米星希叫到办公室抄东西。

六点的时候电话响了，是派出所打来的，警察让米星希去把灰满城接回来。

武侠老师智斗灰满城 Chapter 5

听到灰满城在派出所,我和苏美达一点儿都不惊讶,米星希也不惊讶,他赶到派出所后,发现警察也不惊讶,因为米星希赶到时看到灰满城正蹲在地上和警察边抽烟边聊天,他多次打架,多次进派出所,几乎把派出所等同于老师办公室了。

警察和米星希聊了一阵子,米星希才知道灰满城被抓来的原因是他尾随女生。

那个女生是高二的一个小女生,长得很漂亮可爱,很娇小卡通,也很活泼,而且很爱穿裙子。我们知道这事后,才发现这个女生和四班打架的裙子女生的裙子样式是一样的,这也就破解了牛仔裤说的话,她曾看到的灰满城放学送的那个女生是高二的这个,而不是裙子。灰满城喜欢她,可那个女生却从不接受,灰满城送女生回家,女生也不拒绝,两个人的关系就这样稀里糊涂的。后来,女生家长知道灰满城送女生的事后非常生气,因为他们知道灰满城是个响当当的"人物",不敢与之正面冲突,便报警称灰满城尾随其女儿。女生的家长报警时曾说,必须将灰满城这样的社会渣滓绳之以法,否则,他们不会善罢甘休的。

"看样子,女生家长要找校长!"警察对米星希说。

"他们误解灰满城了!"米星希看了一眼灰满城。他此刻还蹲在地上,双手在水泥地上无聊地画来画去。

"灰满城!你知道女生的家吗?"米星希说。

"知道,你要做什么?"灰满城说。

"你带我去!"

"啊?我带你去?不行!我再也不会去见那可恶的家长了!!"灰满城摇着头,"我没对他们女儿怎么样,他们刚才就差点儿打我!"

"站起来,带我去!"米星希走过去,把灰满城提了起来。

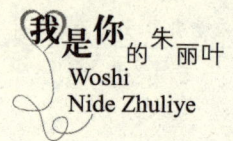

两个人离开了派出所,来到女生家楼下的时候,天已经黑透了。

站在楼下,灰满城就不走了,他说:"要去你自己上去吧,我不去。"

"不行!"米星希说。

"我就是不去!我为什么要向他们赔礼道歉,是他们陷害我好不好!"灰满城说着撒腿就要跑。

米星希一手拉住灰满城,并把他拦腰扛了起来,走进了楼道。

"老米!你太过分了!放我下来,我的肚子……小心,我的头啊!你看着点儿,我的头快撞墙了!"不管灰满城怎么叫,米星希都不听,一直把他扛到女生家门口才放了下来。

米星希按了几下门铃,女生家的门才开了。开门的是女生爸爸,很凶的样子,两只眼睛像牛一样。看到灰满城站在后面,又把门"咣"地关上了。

米星希再次敲门,边敲边说:"请开开门好吗?我是他老师,我们是来向您道歉的。"

门开了,男人立在门口,米星希拉着灰满城走了进去,灰满城低着头。

男人始终没有说话。不一会儿,女生的妈妈走了出来,看起来是个很和善的人,她给米星希和灰满城倒水,之后坐在米星希对面说:"没有必要的,以后不要再骚扰我女儿就行了!"

房间里很静,可以听到里面房间的说话声,隐隐约约可以听出是那个高二女生。她在笑,她好像在打电话。

灰满城仔细听了听,女生的声音好像大了起来:"呵呵,哈哈……你可真逗——你知道吗?那个叫灰满城的家伙今天又死皮赖脸地跟踪我,结果你猜怎么样?我在半路上,借口上厕所……还借了那家伙的手机说给我妈打电话，那个傻瓜还真信了。我进了厕所，就给公安局打了电话，说有个流氓尾随我！不一会儿，那家伙就被警察抓走了！呵呵！！"

灰满城气得脸都紫了，女生妈妈很尴尬地冲里面的房间大声对女生说："你又偷着给男生打电话！告诉你多少遍了，男生没有好东西，你偏不信！快学习，考不上大学，看将来谁养你！"

房间里传出女生的哭声……

米星希看着严肃的女生父亲说："我是灰满城的班主任，今天的事情非常抱歉，他还是个孩子，没有恶意，也并没有尾随您女儿，请您原谅他！"

"呵呵，说得倒轻巧！你还是老师呢，可真会包庇你的学生啊！都高三了，还是小孩子？真是笑话！现在就学会跟踪、尾随女学生，将来还无法无天了呢！现在不管教，将来后果不堪设想！"男人手舞足蹈地说，满嘴酒气。

"那是，那是，可他现在毕竟是个学生，还要考大学，您就原谅他吧！"米星希低着头，两只手相互揉搓着。

"呵呵，他嘛，一个小混蛋，也就这个样子了！"男人冷笑。

灰满城腾地站了起来："你骂谁小混蛋？！"

米星希用力拉住他的手臂喝道："坐下！"

"你看看，连个学生都管不了！请问老师，你今年多大？"男人张大嘴。

"二十七。"米星希说。

"有女朋友吗？"男人步步紧逼。

"没有。"米星希无奈地说。

"哈哈，二十七了，还没有女朋友？怎么回事啊？你这么大了还

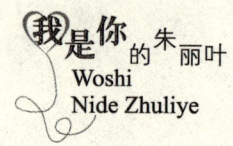

没有成家,没有女朋友,你整天都在做什么?难道你也每天跟踪、尾随别人吗?怪不得会教育出这样的学生来!"男人冷笑。

"希望您可以原谅我的学生,我向您道歉。"米星希站起来向男人深鞠一躬。

女生的妈妈走了出来,对男人小声说了几句,看样子是个开通的女人。

男人低下头,长出了一口气,对米星希说:"对不起,刚才我说话有点儿过分,你别生气,我这人是大老粗,我的女儿也有教育不到的地方。"

"呵呵,没什么!"米星希笑着说。

米星希和灰满城离开的时候,男人站在门口对他说:"你是一个好老师!"

"谢谢!今天的事真是对不起!!"米星希说。

"孩子,不过有一句话我还是要说,不结婚的男人不是完整的男人,也不是一个令人信赖的男人,你懂我的话吗?"男人手里不知道什么时候多了一瓶啤酒。

"我知道了,谢谢。"

米星希要送灰满城回家,灰满城坚决不回,米星希只好带他回自己的单身宿舍。

一路上,灰满城始终走在米星希后面,走到宿舍门口时,米星希才看到灰满城哭了。

林可可似乎等米星希等了好久,还特意给他们买了西瓜。

三个人吃完西瓜时,林可可问怎么回事,米星希始终都没有说,灰满城更是一言不发。

米星希和灰满城两个人挤在一张床上睡觉,也不知道是怎么回事，米星希睡到半夜就开始打呼噜，很响的那种。灰满城很无奈，只好坐在老师的屋子里发呆。

第二天早晨，米星希醒来时，发现灰满城又不见了踪影。他以为灰满城跑了，就满学校找他，结果发现灰满城竟然在操场上一个人打篮球，很落寞的样子。米星希过去和他一起打，两个人都没有说话，灰满城看起来很忧郁。

这天，灰满城依然睡米星希的宿舍，午夜时分，醒来的灰满城看到米星希还在备课，就坐了起来。

米星希问他："为什么不回家？"

"不想回自然就不回去了，住在这里多好啊！"灰满城说。

"可是，这样下去也不行啊！还是回家吧！你知道我很穷的！"米星希开玩笑地说。

"呵呵，我也很穷啊！你是老师就要帮我哦！"

"以后还打算去打架吗？"

"再说吧，看心情！"

"哦，你在想什么？"

"不知道，我经常不知道自己想什么，大脑总是一片空白。"灰满城拿起桌子上的一支笔，转了起来。

"我有时也是啊，一片空白，也许每个人都会有思维短路的时候。"米星希继续写字。

"做老师好无聊哦！"灰满城把脚抬起来，悬在空中，之后伸起来，顶着上铺的床板，一下一下的，床板发出刺耳的抗议声。

"也许吧！"米星希淡淡地说，"问你个问题，你真的喜欢那个高二女生吗？"

"呵呵，我也不知道啊，只是感觉好玩吧，谈不上喜欢。"灰满城

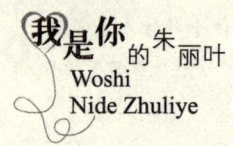

坐了起来,笑着看着米星希,"老米,你喜欢林可可老师吗?"

"这个问题我也不知道啊!"米星希已经写完了一页,翻了过去,门外隐约可以听到对面屋子的音乐声,好像是林可可在听歌。

"有问题哦!"灰满城说。

……

次日,米星希给灰满城的父母打了电话,他父亲亲自到学校来接他回家。临走的时候,灰满城对米星希说:"老师的寝室环境很好啊!真是不舍得离开,你要是不撵我,我还会继续住下去的。"

"如果你不再犯错,我会考虑这个问题的,不过你要带上房租哦!"米星希说。

"抠门!"灰满城大步走出房门。很不巧的是,他刚走到门口,就碰到了那个曾被他打的老师,灰满城装作没看到他,也不和他打招呼。

那个男老师很生气,指着米星希的脸就说:"你看看你教育的学生,怎么这么没有教养!"

他又说了一些难听的话,气得米星希和他吵了起来。

灰满城跑了回来,指着那个男老师的鼻子尖说:"和我老师说话要客气点儿,否则,让你尝尝我拳头的厉害。"

男老师是个脾气很大的人,看到灰满城这个样子,不甘示弱:"你以为你是谁啊?你凭什么管我啊!怎么着?你来打啊?小混蛋!"

男老师拉开架子要与灰满城打,灰满城终于无法忍受了,他对准男老师的脸就是一拳,他的眼镜当即就被打掉在地。他近视很厉害,离开眼镜就跟瞎子差不多。这下眼镜掉了,他眯着眼睛满地找,边找边骂道:"小混蛋,竟然打掉我眼镜!看我戴上眼镜后怎么收拾你。咦?怎么地上这么亮啊?白花花的!"

灰满城还要揍他,结果被米星希拦住了。后来,校长赶到了,怒斥了男老师，并说："做老师怎么会这个样子！"

事情没过几天，学校里许多漂亮女生都收到了那个男老师的情书，在女生厕所的门上居然还贴出了男老师的一张照片及征婚启事。男老师立即成为全校学生课余便后的笑料，气得那个男老师追到我们班找灰满城算账，由于没有证据，最后在全班的哄笑声中灰溜溜地走掉了。

大家都把灰满城冒充男老师给女生写情书的事当做笑料，可是没过几天，那个男老师却真的因此而惹上了麻烦。一个女生家长找到学校，说那个男老师经常写情书给他女儿，并拿出一大堆男老师的亲笔信。这位家长在女儿的抽屉里翻出了数十封这样的情书。经过学校调查发现，男老师不只是给那个女生写情书，还经常以补课之名向女生大献殷勤，死皮赖脸地要和人家谈朋友。事情水落石出，大家也看清了暴力男老师的真面目，全校师生都对此事议论纷纷，这位男老师由此身败名裂，不久就被调出了学校。

米星希并不知道这些事都是灰满城做的，有一次，他去学校附近的复印社复印东西，从复印社老板的口中得知，灰满城曾在这里复印了好多情书，米星希这才知道那个假冒老师的人就是灰满城。米星希找到灰满城时，他一脸坏笑地说："老师，你要情书吗？不然我也给你复印一些，保质保量！"

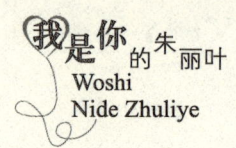

4.恐怖家访记

为了彻底了解灰满城,米星希决定去他家家访。去之前,他曾向苏美达问了一些情况,又与灰满城的爸爸取得了联系,定在周末家访。

班里的几个男女生得知这个消息后,都很兴奋,因为大家又想到了一个整蛊老师的新办法。

周末那天,米星希说自己去没有意思,又没有经验,因为这是他的第一次家访,便拉上了林可可同往。

由于周末学校里有一些事情,米星希忙到傍晚才动身前往灰满城家。米星希和林可可在路上边走边聊天,林可可的心情特别好,因为米星希破天荒地给她买了好多好吃的零食。两个人旁若无人地走着,开始并没有发现路上有什么变化,后来,林可可开始频繁地向后望,再后来,她就很害怕地说:"我们后面好像有人在跟踪!"

当时街上人很少,路灯的光也很昏暗,米星希向后面看了看,没发现什么异常,就装作胆子很大的样子,对林可可说:"哪有人啊,你别疑神疑鬼的,有我在,什么都不要怕!"

"真的,我真的感觉我们背后有人啊!"林可可很惊恐地说。

两个人没有说话,继续往前走。

米星希走路的时候,突然向后回头,果真看到不远处有两个黑影跟着他们,看到他回头,两个黑影迅速消失了。

于是，两个人加快了脚步。当米星希再次发现有数个黑影在远处晃动时，两人就跑了起来，一路跑到灰满城家。

他们两个人惊魂未定地进了屋子，灰满城的妈妈给他们倒茶的时候，林可可的手还在抖。灰满城在家里表现得很勤快，忙这忙那的，和在学校里判若两人，这使米星希感到很意外。后来，灰满城就坐在米星希旁边笑眯眯地望着他。灰满城的样子很假，米星希看着他，就有点说不出口了，他不知道怎样在一个男生面前向他的母亲说出她儿子的光荣史。

坐了一会儿，米星希就让灰满城回避一下，林可可很客气地要求去参观灰满城的房间。就这样，灰满城很高兴地被林可可拉走了，美女老师林可可对全校男生都是具有无敌杀伤力的。

米星希坐在楼下开始和灰满城的妈妈聊天，简单说了一些灰满城在学校打架的事情。他妈妈听到他打架、追女生、捉弄老师的事一点儿都不惊讶，脸上流露出的只是一种礼节性的微笑，这令米星希很意外。

米星希对灰满城妈妈说："你要好好管管他！"

他妈妈轻描淡写地说："好的，你放心吧！"

后来，灰满城的爸爸回来了，他看到米星希很高兴，又是拿酒又是拿烟的，还拍着米星希的肩与他称兄道弟。这使米星希感觉很不自在。灰满城的爸爸对儿子的问题只有一点点儿在意，也并没有发脾气，好像灰满城根本就不是他的儿子一样。

晚上九点的时候，米星希想走，就去找林可可。刚走到灰满城房间的门口，就听到林可可爽朗的笑声，原来林可可正坐在电脑前陪灰满城上网。

灰满城看到米星希，很高兴地说："谈完了？"

"是的。"

"说我什么了？"

"什么都没有。"米星希好像很失望的样子。

他和林可可与灰满城父母又说了几句客套话就走了。

林可可刚走出门几步就说："我感觉这家人怪怪的……好像有人在跟踪我们。"

这时，林可可禁不住向后看了一眼，吓得她差点叫了出来，灰满城家原本亮着灯的，可现在却全灭了。

两个人走了一会儿，就坐公共汽车，下车后，两个人一路小跑。学校旁边的小街很黑，看不清路，米星希就拉着林可可的手在黑暗中深一脚浅一脚地行进。两个人行到小街中段，林可可看到有一个穿着白衣的人正静静地飘过去，她"啊"的一声大叫就往回跑。米星希大着胆子，一把拉住了她说："喊什么？你是老师啊！胆子怎么可以这么小！也不怕别人笑你！"

"你没看到吗？刚才那个白白的东西！"林可可吓得说话声都颤颤的。

"你看走眼了。"米星希拉着她，坚定地往前走。

两个人走到校门时，刚要进去，林可可发现有人把手放在了她的肩上。她回头一眼就看到了肩头一双惨白的手，再往后一看，一个满脸惨白、流着血的女生正站在她的后面，林可可吓得大叫不止："鬼啊！鬼……"

米星希却一点儿都不惊讶："别闹了！这么晚还不回家！"

这时，从黑暗中走出数个男女生，这些人中就有我、苏美达、灰

满城、方夏夏、万眉婉。

万眉婉脱下扮鬼的白衣,说:"老师,这么晚了,看我们陪你家访,又扮鬼,多辛苦啊,你要请我们吃饭啊!"

米星希这才意识到自己还没有吃晚饭,他摸了摸肚子,想了想,点头同意了,但显得很勉强。

米星希的抠门是全校闻名的,若他走在前面,总会把我们往便宜的小吃部、快餐店领;这次我们几个男女生偏走在前面。也许他以为去小吃部可以用几个小菜打发我们,他却万万没想到我们竟然直奔大酒店。

米星希站在灯光闪烁的大酒店门口,抬头望了望漂亮高挑的迎宾小姐,吓得脸都白了。他扭头就要跑,被林可可一把抓了回来:"你是老师,不要这么小气好不好!"

米星希无奈之下只好同意,可嘴上还是抱怨说:"要知道这样,还不如在灰满城家吃了!"大家听到后就偷笑。

吃饭的时候气氛也非常好玩,尤其是点菜的时候,特别有趣——米星希总是盯着菜单,专点便宜的,甚至连咸菜他都点了;而林可可和我们却偏偏往贵的上看。每听到服务生报一次菜名,米星希都像被电击一样,先是身子一抖,接着满脸通红地低下头,嘴翕动,好像是在默默算账,唯恐菜价超标。结果我们还是吃超标了,一桌225元,付账时,米星希掏遍身上所有的口袋,只凑上150元。

老师钱不够,在场的男女生只好掏钱把剩下的钱凑上了,米星希见我们掏钱,很不好意思地:"明天上课,我还钱给你们!还钱给你们!"

最后那句"还钱给你们",直到我们分开他仍然不绝于口,笑得我们捂着肚子走回了家。

第二天，米星希来到班级第一件事就是还钱给我们，当然，我们谁都没要，最后，米星希就出去买了一大堆冰淇淋给我们吃。

在我们的笑声中，我发现灰满城也在笑，他一直都没有离开。

5.有故事的人

秋天到来的时候,班里开家长会,全班所有的家长都来了。

我站在走廊里等我老妈,看到一个女生的妈妈很热情地和灰满城的爸爸他打招呼。

由于距离家长会开始的时间还早,灰满城爸爸就独自一人走向走廊的另一端抽烟。

这时,刚才的那个女生妈妈就开始和另一个家长说起灰满城的爸爸来。我听后大吃一惊,原来灰满城的家庭是由三个毫不相干的人组成的。

灰满城是爸爸抱养的。灰满城爸爸结婚后,一直没有孩子,就从福利院抱养了灰满城。灰满城长到十岁的时候,爸爸和原来的妻子离婚,又与他现在的妈妈结婚了。灰满城爸爸不管他,灰满城妈妈更不会管他了,这也是他一直呈游离状的原因。

我正听得入神的时候,突然有人拍了一下我的肩。我抬起头,发现米星希站在我旁边。

"老师,他们在说灰满城的事!"我说。

"我知道,很久以前我就知道了。"米星希说。

"很久以前你就知道了?可我们却从未听你说起过啊!"

"我做班主任的第一天,灰满城的爸爸就找到我,向我讲述了灰满城的身世，他对灰满城已经失去了信心，他已经没有能力改变灰满城，于是他把希望寄托在我的身上，希望我能改变灰满城。当时，我对他说，我试试吧！"米星希说。

"灰满城知道这件事吗？"

"他知道。"

"他现在已经开始改变了。"我说。

"希望他能坚持下去。"米星希抬起头，他的眼睛直直地盯着走廊尽头，怔住了。

我看到走廊尽头，有个人影倒了下去，紧接着，一个人影冲了上去。

倒下去的人是灰满城的爸爸，冲上去的人是灰满城。

灰满城的爸爸是胃癌晚期，不久就病故了，他给灰满城留下了一大笔财产。

此后一段时间，灰满城没有来学校，我们也没有他的消息，我们去他家找他，可是那栋房子早已卖掉了。

在他离开的日子，学校里有很多传言。有人说灰满城会留学美国，签证都办下来了；有人说他要转学到上海，投奔他养父的弟弟；还有人说，他永远都不会上学了，因为他本性难改，又回到街头小痞子中，打打杀杀，游戏人生了。

米星希对此从未发表意见，并为灰满城留着位子。他经常在课堂上说，我们班就是一棵树，永远长青不败的树，每个同学都是树上的枝干、叶片，这棵树郁郁葱葱，生生不息，相依相伴，走过四季。

一个月后，灰满城回来了。

他没有出国，也没有去上海，更没有游戏人生。他回到了自己的座位上，笑着对米星希说："老米，我回来了，我无家可归，今天还

要去你那里借宿哦!"

"房租带了吗?"米星希说。

"带了,美元、支票、银行卡……你要哪一种?"

"照单全收!"米星希伸出手。

"啊?老米,你也太黑了吧?快还钱!"

"还什么钱?"

"我们帮你垫付的饭菜钱!"灰满城旧账重提,同学们一呼百应。

"不会吧,不是说好了不要了吗?怎么可以反悔!"米星希张大嘴,红着脸,面前是数十双讨钱的小手。

"用东西支付也可以!"方夏夏说。

"好的。"米星希出了教室就没了踪影。

全班一阵哄笑,大家以为又能吃到无数零食,因而浮想联翩,欢呼雀跃。

不一会儿,米星希气喘吁吁地扛着一桶水走进了教室。

全班都惊呆了。

米星希把水桶安在饮水机上后,上气不接下气地说:"水是生命之源,还是喝水吧,又便宜,又卫生。"

全班学生集体晕倒……

Chapter 6
方夏夏的老班培养计划

1.冒充老班发出约会邀请

这天早晨,我正埋头爽读宫崎骏的漫画书,同桌方夏夏用小指捅了捅我的头。我很反感她这么和我打招呼,因为用一根手指捅人感觉像在控制机器人。我连头都没抬,问她:"喂,干吗?不要用手指捅我的头好不好!"

"好好好!求你帮我看个东西。"方夏夏说着递给我几张写满小字的信纸,看到信纸的第一行字我差点儿笑出声来——《米星希培养计划》。

"米星希是人,又不是动植物,你干吗要培养他啊?"我说。

"因为他是老师,因为我感觉他很呆瓜,特别是爱情方面,所以我要培养他。"方夏夏眼望头上灯管,无限畅想。

"你不会以身试法吧?现在师生恋很老土欸,还有,小心林可可找你拼命。"

"你个猪头,我是要让他和林可可有结果。这就是培养计划的内容,你仔细看一下吧!"

"好的。"我粗略地看了一眼方夏夏的培养计划,里面写的方法基本上就没有实现的可能,而且其间仍然能看出方夏夏对米星希的爱慕之情。

"丁零零——"上课铃声响了,米星希拿着本子直愣愣的像僵尸般从门外走了进来。

他满脸肃穆,好像刚参加葬礼回来一般。

他把本子放在讲台上,环顾教室,说:"同学们,刚才接到通知,学校要更换教室窗户,全体同学放假一天!"

米星希话一出口,全班同学欢声一片,口哨声、惊叫声、嘘嘘声、拍桌子声、晃本子声此起彼伏。随之,全班男女生齐刷刷地都开始收拾书包,准备放学后上网、约会、玩传奇、打架、啃小说。

收拾完毕后,大家背上书包嘻嘻哈哈向教室门口走去。这期间,我发现米星希一直呆愣愣地看着我们,除了脸上肌肉偶尔抽动一下,其他部位均纹丝不动。我很奇怪,学生都放假了,他还站在这里做什么呢?

我们刚走出教室门两步,就听到米星希大声说:"同学们,我还有话要说!"

"老师,都放假了,你还说什么啊?"一个女生边抹唇彩边抱怨道。

"我要说的是,我说的放假是明天,今天照常上课,祝大家愚人节快乐!"

"啊?愚人节快乐?!"

"老师,有没有搞错啊?"

"天哪,老师都学会骗人啦!"

"这是什么世道啊!"

……

全班哀鸣一片,集体晕倒,收拾好书包的,又重新回到座位上。

我也重新拿出书,像模像样地摆在桌子上,我怎么会忘记今天是愚人节呢?

我突然想起方夏夏的培养计划来:"小芳,你的培养计划不会也

是骗人的吧!"

"我的计划是真的,而且我今天就会实施,你就看好戏吧!"方夏夏拿出书本,挺直身子,目视着米星希微笑起来,眼睛看都不看我就说,"猪头,别再叫我小芳,我又没有辫子,再叫,小心我扁你!"

我不理她,继续上课。下课后,方夏夏就甩开小腿跑了出去。

回来时,方夏夏居然从身上掏出了一部漂亮手机,我问她:"哪儿弄来的?"

"从林可可那里借来的!"

"你借林可可的手机有什么用啊?"

"这你就不懂了,你看我的。"方夏夏说完就开始舞动手指,写短信息。

短信息的内容是:今天中午,我们出去吃饭吧。地点是学苑饭店2楼205。不见不散,林可可。

方夏夏点击"发送"后,说:"这只是第一步。"

"短信息是发给谁的?"

"猪头,当然是发给米星希的了!"

这时,上课铃声又响了,米星希匆匆走了进来。刚走进门,他的手机就响起了悦耳的短信提示音。

到了讲台上,米星希掏出手机看了看,低着头,脸上掠过一丝不易察觉的笑容。

"米星希上当了!老师捉弄我们,我们也要捉弄老师。"方夏夏小声说。

开始上课,米星希打开书,让我们跟着他画题,在画题的间隙,他拿起手机,按了起来。

"看看,他在给我回短信息呢!"方夏夏扬扬自得地说。

果然，不一会儿，方夏夏就收到了米星希的短消息：可可，你真好。我在上课，下课我们到办公室再说吧。

看到短信，我和方夏夏差点儿笑出声来。她强忍住笑，继续按动手指：星星，我只想在短信里说，别说出口好吗？让我们来一次神秘的约会怎么样？

讲台上米星希的手机又发出了悦耳的提示音，他迅速放下书，查看短信。

米星希看到短信后，很高兴，满脸笑容，开始埋头写短信。

这时，坐在前排的一个女生十分不满。她用手指敲了敲讲台的木板，说："老师，你画的这道题我有点儿看不懂，你能帮我讲讲吗？"

"好的，等一会儿。"米星希头也不抬地说。

那个女生仍然不识趣，懒洋洋地说："老师，你是在发短信吗？你不是不准同学们上课发短信吗？你怎么还发啊？"

"啊？"米星希抬起头，与全班同学的目光相遇。"片刻，"他说，"一点儿小事。"说完，又继续发短信。

这时，全班同学都拿起本子齐刷刷地往桌子上拍，边拍边喊："抗议！抗议！我们抗议老师上课发短信，我们要投诉！"

米星希无奈地摇摇头，继续画题，讲课。

方夏夏收到了米星希的短信：好的，就这么定了，我要上课了。

方夏夏迅速给他回了短信：从现在开始，我们不要再短信联系了，见面再说。

第二、三节是林可可的课，上课前，方夏夏把手机还给了林可可。在第二节课下课的时候，方夏夏去米星希办公室问问题，问到中途，米星希被教务主任叫走，他的手机没有带，放在办公室的桌子上。

方夏夏抓住机会，抄起手机就给林可可发短信，内容同给米星希

发送的短信相同,只是约会的地点改了,改在学苑饭店3楼305。

我很不明白方夏夏的安排:"为什么把他们的约会地点分开?"

"笨了不是,放在一起就不好玩了,等他们分别等对方一段时间后,我再打电话通知他们。"

"饭店的房间怎么办?"

"我来打电话预订。"方夏夏胸有成竹地说。

"搞不好又是一团糟吧?"我又想起方夏夏以前偷米星希前女友银行卡的事。

"这次没问题,我相信,通过我的努力,米星希会摘掉呆瓜的帽子的,会主动向林可可表白的。"

"好的,那就看中午的约会了……"我说话的时候声音很大,不仅被同学们听到,还被讲台上的林可可听到了。她瞪了我一眼说:"宁不悔,你要和谁约会啊?"

我红着脸,说:"我和传奇有个约会。"

全班一片哄笑。

2.阴差阳错的约会

中午下课后,我和方夏夏、苏美达、单小刀、万眉婉率先赶到了学苑饭店,坐在一楼大厅比较隐蔽的角落,边吃饭边等米星希和林可可。

过了五分钟,米星希一步三回头地来到了饭店门口。他穿了一套新的蓝色休闲装,头发光亮,皮鞋亮晶晶的。他伸长脖子举目四望三分零五秒后,迈进了饭店的大门,并在服务员的带领下走上了楼梯。

"米星希今天真是帅死了!"方夏夏眯着眼睛,张着嘴,口水差点儿流出来。

"不至于吧!你不会又在打老米的主意吧?"单小刀说。

"去!去!去!我怎么会打老师的主意!多难听啊,应该是仰慕才对。"

"对,仰视着行注目礼。"万眉婉说。

"小芳,一会儿,如果林可可不来,你就去和老米约会吧!"我望着饭店门口说。

"宁不悔,你想找打啊!说过多少次了,不准你叫我小芳,多么土的名字啊!"方夏夏很生气,边说边翻书包。

我不理她,转身和万眉婉聊天,还是小万这个女生温柔,金牛座的嘛,我是摩羯座,她和我最合得来了。

我和小万没说上几句,脸就被方夏夏的手托住。我大叫干吗,刚喊半句,就感觉嘴唇湿乎乎的。等我反应过来,差点儿没把我气死,方夏夏居然拿出她的润唇膏往我的嘴上乱抹,害得我去洗手间洗嘴就洗了五分钟。其间,有些经过我身旁的女士都向我投来看人妖的厌恶目光。

我从卫生间回来时,林可可还没有来。苏美达拿出扑克,提议大家玩拱猪或者三打一;万眉婉说没意思,拿出塔罗牌要给大家算命。她刚开始洗牌,我就看到饭店里走进一个人。

大家看到那个人都愣了,因为那个人就是曾经狂热追求林可可,后又被她踢伤的男人。

"他怎么会来这里啊?"苏美达说。

"冤家路窄,米星希怎么又和他碰到了一起啊?"

"他们见面后可别打起来!"方夏夏说。

"打起来怕什么,米星希不是会武术吗?三拳就会将这厮打到桌下!"单小刀说。

"老师又不是流氓,他是大侠,怎会轻易出手?你不要再说这种很无聊的话哦!"万眉婉拿出塔罗牌,递给单小刀,"抽一张,算一命吧!"

"但愿那个男人的房间不是二楼也不是三楼!"方夏夏拿出唇彩开始抹嘴。

"会不会是林可可约了那个男人呢?"苏美达语出惊人,大家听了差点儿傻掉。

"不会的,林可可不是那种朝三暮四的人。"我说。

大家七嘴八舌不知道如何是好。那个男人上楼以后,不出三分钟林可可就来了,她的衣着没有变化,只是边走边打手机,好像很忙碌的样子。

她还和门童说了几句话,边说边打手势,好像很焦急的样子,说完就上楼了。

"你们猜猜她对门童说什么?我们打赌吧,赌注就是今天的饭钱,猜中的人可以不埋单。"方夏夏说。

"好的,我同意!我猜她问 305 怎么走。"单小刀说得很快,很有抢注的意思。

"我猜她是问米星希来了没有!"万眉婉说。

"你们都说错了,我想她一定是问今天酒水是否免费,最低消费是多少,她知道米星希经济拮据嘛!"苏美达说。

"我想她是问那个男人来了没有,或者说,她想问这个饭店有没有其他通道,可以从别的地方上三楼,之后,她想隐蔽起来吓吓米星希。"我说。

"好的,大家说完了,我们就过去问问。"方夏夏说完,我们几个就叫服务员把那个门童叫来。

门童是个又高又瘦的帅哥,方夏夏看他的时候眼都直了。知道我们的问题后,门童想了一会儿,支支吾吾地说:"说出来不太好吧,她是女士。"

"是女士怎么了?快说,她到底和你说什么了?"方夏夏穷追不舍。

"她问三楼有没有厕所!"门童说。

"啊?"我们几个人齐声惊叫。

"那她打的手势是什么意思啊?"万眉婉对这个比较感兴趣。

"她问我她的样子漂不漂亮,从上到下有没有不好看的地方。"门童说完就走了。

"看来大家都没有猜中,也都算不上猜错,这顿饭就 AA 制吧!"

方夏夏说。

大家一致点头，让服务生给每人再上一碗面条。

这时，我们看到米星希从楼上走了下来。他的样子很焦急，一会儿看表，一会儿看手机，他似乎想打电话，但看了看又放弃了，我想应该是方夏夏的短信起了作用。

"老师好像很着急！我们是不是应该去告诉他真相啊？"万眉婉说。

"别！今天是愚人节，不能这么便宜他。"方夏夏说完开始呼噜噜地大声吃面条，边吃边吧唧嘴，声音大得出奇。

米星希等了一会儿后，又腾腾地上楼了。

过了三分钟，林可可又腾腾地跑下来，也和米星希一个动作，也想打手机，却放弃了。

林可可又等了一会儿后，也腾腾地上楼了。

又过了三分钟，那个曾追过林可可的男人跑下来了，也和林可可一个动作，也想打手机，却放弃了。

男人等了一会儿后，也腾腾地上楼了。

三个人反反复复地像动画片里的人物，十分搞笑，我们几个也看得忍俊不禁。

他们这样反复折腾几回后，大约过了十分钟，我以为他们会永远这样下去，出乎意料的是他们这种动画片式的活动却突然停止。

我们几个人伸长脖子看着那人们往来如梭的楼梯，却再未见他们三个人的踪影。

"不会出什么事吧？"方夏夏说。

"不知道，不如我们上去看看？"苏美达站了起来。

"好的。"

我们几个一同上楼,刚走到楼梯口,就看到林可可和追过她的那个男人有说有笑地走下来。当时,我们全傻了,愣在那里不知所措。林可可看了我们一眼,没说什么,轻轻地走了过去。

我们跑上楼,看到米星希还在二楼的205房间里焦急地等待着,手里抓着手机看个不停。

"老师,对不起!"方夏夏走上前说。

米星希看到我们很惊讶:"你们怎么在这里啊?快上课了吧?说什么对不起啊?"

"下节课是体育课,对不起,林老师走了。"

"什么?她来过这里了?"米星希走到窗口看到林可可和那个男人肩并肩穿过马路,他眼睛瞪得溜圆,脸上肌肉抽动了几下,可以看出他的情绪很激动。

"老师,给你发短信的人是我,我们本想为你们制造一个浪漫的约会,可是……"方夏夏说着说着,突然哭了起来。

"没什么的,这不怪你们。"米星希淡淡地说。

这时,他看了一下表,突然叫了一声:"呀!还有十分钟就上课了,你们快点回去吧!"

"下午不是体育课吗?不用这么着急吧!"方夏夏说。

"对不起大家,说下午有体育课是我和大家开的一个玩笑,谁让今天是愚人节呀!"米星希不好意思地笑了笑。

"啊!老师!你太过分了!"方夏夏企图伸手去打米星希,我早已料到她会有这一手,迅速拉住了她的胳膊,没让她的阴谋得逞——方夏夏特别喜欢和米星希身体接触,占老米小便宜。

"愣着干什么,还不快跑!"米星希对着我们大喊。

我们像听到指令的夺宝奇兵队员一样,拔腿便跑,米星希紧随

方夏夏的老班培养计划 Chapter 6

在后。

当我们和米星希气喘吁吁跑到班级时,上课的铃声正好响起,真是分秒不差,大家击掌庆祝。

虽然米星希始终面带微笑,但我仍然感觉得到他内心深处的忧伤。

事情过后第三天,我们才知道那天约会事件的真相。林可可在等米星希的过程中,去了一次洗手间,她出来的时候正好碰到曾经追过她的那个男人。两个人站在走廊里聊了一会儿天,毕竟两个人过去发生过一些不愉快,但男人很大度,不计前嫌,这令林可可非常感动,后来,男人提议换地方吃东西,林可可欣然同意。此后的事情发展令人难以想象,他们两个人居然度过了一个浪漫温馨的下午。面对男人真诚的表白,林可可竟然不作回答;男人以为林可可默许了,乐得他开车送林可可回学校时转弯不稳,还撞坏了车灯。

从此以后,男人和林可可又开始了浪漫之旅,玫瑰花、巧克力、名车代步、频繁出入酒吧西餐厅……他们两个人真的恋爱了,这令同学们很失望,谁都没有想到,林可可居然是这么一个爱慕虚荣的女人。

大家开始远离她,痛恨她,诅咒她,为米星希鸣不平。令大家难以理解的是,米星希对此的反应却平静如水。他依然按部就班、心平气和地上课、工作,对林可可的爱情熟视无睹。

他麻木了,还是绝望了呢?难道他就真的决定放弃林可可了吗?

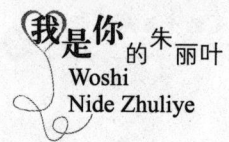

3.泪与汗的边缘

林可可又开始大张旗鼓地恋爱了。

她每次恋爱都那么惊天动地,打扮得光彩照人,每天换一件衣服,每天变一种颜色的唇彩,每天更新一次手机屏幕,每天变换一次手机铃声……每当她款款走进教室的时候,男生们都会发出整齐的嘘声,眼珠子都差点儿掉在地上。她真是太漂亮了,漂亮得令男生眼晕,令女生脸红(美女总是令丑女产生自卑感)。起初男生们对林可可服装表演式的穿着很热衷,过了一段时间,大家习惯了,也就不以为然了,男生继续打瞌睡,女生继续交头接耳。

上课时,林可可总是喜欢大声地打电话,面带微笑边说话边向门外走,生怕大家不知道她在谈恋爱一样。大家做题时,她就开始玩手机短信,其专注度不亚于女生看言情小说、男生玩传奇游戏。

方夏夏断言林可可又在玩声东击西,表演爱情,目的是报复米星希。

"报复米星希?怎么会呢?仅仅是因为上次的失约吗?"我问她。

"哪有那么简单!其实另有原因。我上次不是说过吗,米星希这个家伙很木鱼很呆瓜,但是人不能看表面,其实他这个家伙老复杂啦!"方夏夏把外语书立了起来,盖住我们两个人说话的脑袋。

"另有什么原因啊?怎么复杂啊?"

方夏夏的老班培养计划 Chapter 6

"林可可喜欢米星希，大家都知道，但是，为什么他们一直都没有结果？问题出在哪儿？不是林可可，而是在米星希这里。他是个胆小鬼，他不敢面对林可可，总以各种理由拒绝林可可。"

"啊？他拒绝林可可？"

"是啊，前几天，米星希和林可可在学校里操场后面的墙根说话，不幸被我一个好友听见了。"

"他们说什么？"

"林可可向米星希表白，被他拒绝，他的理由是他太穷，不能给她幸福。"

"米星希是不是另有所爱？是不是和他原来的女朋友重归于好了？"我说。

"不一定，这件事很难搞定。"

"这回你的'米星希培养计划'要 OVER 了吧？"

"怎么会？我会继续实施的。"

方夏夏刚说完，就听到林可可大声地喊道："宁不悔、方夏夏，上课不要说话！还有，上课不许把外语书立起来！"

我们没了声响，转身一看，班里有数对同桌都已经把立着的外语书放了下来。

有一对同桌似乎没有听到林可可的话，依然立着外语书，大家都看着他们，不知道他们在搞什么。

林可可走过去，一把拿开了外语书，全班同学都惊呆了，"哇"地一片惊叹声。

男生的后脑勺遮住了女生的头，晕，他们在 KISS 吗？可是，我一点也不相信班里会发生这种有伤风化的事情。

林可可非常生气，大声嚷道："太过分了，你们竟然在外语课上

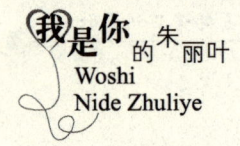

做这种事？而且，还用外语书做掩护，太不像话了！"

全班哄笑一片，那对男女生迅速分开正在做的 kiss 运动姿势，满脸无辜地望着林可可："老师？怎么发这么大的火啊？我们做什么了？"

"做什么？竟然公然在课堂上接吻！全班同学都看到了。"林可可很生气地说。

"我们是冤枉的，老师！我们没有接吻，她被沙子迷住了眼睛。"男生说。

"你们是不是全看到了？"林可可问全班同学。

全班同学集体摇头，并齐声说道："没看到！"

林可可四下望了望，抓起坐在她旁边、平时很仰慕她的一个男生，问："你看到了吗？"

男生正在睡觉，被老师抓起来感觉很奇怪，眯着眼睛摇头，一滴口水从张开的嘴边顺势而下，正好落在了外语书上，形成一个小水渍。

林可可气得直跺脚，叫嚣着要找米星希去，刚走到门口就碰到了老米。

她呜啦呜啦对米星希说了一堆同学们的不是，米星希装作很愤怒的样子，站在讲台上把大家假训了一顿。

下课铃声响起，林可可愤怒地走出了教室。米星希的脸上露出一丝微笑，全班又像开了锅一样沸腾起来。

这时，我们听到"啪"的一声巨响。大家齐刷刷地回头，看到刚才那对接吻的同桌正在吵架，女生刚才打了男生一巴掌，"说好了，只是假接吻，你假戏真做，占人家便宜！"

"我没有，这个主意不是你出的吗？怎么怨我？"男生痛苦地说。

方夏夏的老班培养计划

晕，原来他们两个人在做戏。

方夏夏跑到米星希面前，说："老师，你刚才表演得真棒！"

米星希表情严肃，拿起黑板擦，用力地拍了一下讲桌，教室里又发出了一声巨响。

全班立刻安静了下来，好像一台音响被突然拔掉了电源似的。

"从今以后，班里不准再有任何人欺负林老师，就是假的也不行！"说完，他迈开大步走出教室。

方夏夏望着他的背影，陶醉地说："好酷！好有型！真有气势，我喜欢！"

"这也是你培养的吗？"我说。

"当然！"方夏夏扬扬自得地说。

我现在才发现有的女生脸皮居然比男生还厚，不仅厚，还很硬呢！

"方夏夏，到我办公室来一下！"米星希又折了回来。

方夏夏笑嘻嘻地跟了出去……

十分钟后，方夏夏眼睛红红地回来了。

我说："怎么了，是不是他训你了？"

"没有，他没有训我，他太好了，我们谈到了学习、理想、爱情，他说……他说……"方夏夏欲言又止。

我着急："他说什么？"

"他说……他说我的学习成绩有所下降，再这样下去，他就要给我家长打电话了！"说完，她哇地哭了起来，口水和眼泪四溅，我赶紧拿出面巾纸"抗洪"。

老师心情不好，学生也跟着倒霉。

自从方夏夏被叫到办公室那天起，米星希每天都会叫学生到他办公室"喝茶"，而且一"喝"就是半个来钟头，真搞不懂他是在教育同学，

还是在发泄他心中的不快。总之,从他办公室出来后,女生都会流泪,男生都会流汗。

不久,米星希的办公室就被同学们美其名曰——泪与汗的边缘。

4.整蛊老校长

去米星希办公室的人多了,自然鱼龙混杂,特别是方夏夏往老师办公室去的次数最多。

由于林可可比较喜欢她,所以对她还算友善,换了别的男生,一进办公室,林可可就会吹胡子瞪眼,因为她不喜欢有男生看着她给男朋友打电话。

一天,方夏夏又去老师办公室"喝茶",老师中途有事出去了,林可可有事也出去了。于是,方夏夏就留在办公室里看书。看了一会儿,她感觉无聊,看到办公室里的电脑开着,手就痒了起来。她轻轻关上办公室的门后,就开始忘我地上起网来。

由于她玩 QQ 游戏太过投入,根本就没在意身后发生了什么,更不会料到副校长已经站到了她的身后。

她反应过来时,身后站着的已不光副校长一个人,还有米星希、林可可以及政教主任。

方夏夏当时就傻了,副校长看似慈祥地看着她,说:"你聊啊?"

方夏夏停止了动作,嘿嘿地对着校长傻笑:"校长!"

"你继续聊啊!怎么不聊了啊?现在都上课了,你还在这里上网聊天?"副校长突然发起怒来,满脸涨红地对米星希和林可可大叫:"她是哪个班的学生?"

米星希低着头，举起手："我们班的。"

"米星希啊米星希！你整天都在想什么？作为一个班主任，怎么可以让学生在上课时间上网？"副校长说话的时候脑袋仰得很高，他已经秃顶的脑袋油光可鉴，在灯光下熠熠生辉。

副校长将米星希数落了一阵后，扬长而去。

自始至终，米星希一言不发，林可可一言不发，方夏夏一言不发，只有不识趣的 QQ 总会发出"咳嗽"声。

方夏夏以为米星希会狠批她一顿，可米星希什么都没说，只是让她回教室上课。

方夏夏回来时，眼睛又是红红的，仅仅一个星期，她的眼睛就红了两次。

"你还培养米星希吗？最近可都是他在培养你啊！"我说。

"去去！我的机会还没有到来，老校长，看我怎么收拾你！"方夏夏的脸上露出恶毒的笑容。

这天下午，米星希又找方夏夏"喝茶"，对她下最后通牒："不许再上课说小话，再不好好学习，我就打电话给你家长了！"

方夏夏小鸡啄米般点头认错，而米星希仍然喋喋不休，说累了就拿杯子喝水。

方夏夏见他已无还嘴的机会，就说："老师，你要坚强起来，不能因为失去了一个林可可，就放弃了整片森林、放弃了你自己，好吗？你应该振作起来，勇敢面对一切，包括林可可，包括老校长，在他们欺负你的时候，你要狠狠地回击他们，学会主动进攻，让他们也知道你米星希的厉害！记住，相信自己，你是一个狠角色！"

方夏夏说得很激动，弄得米星希一头雾水，她说到最后的时候还伸出拳头狠砸了一下桌面，发出很大的声音。恰巧林可可抱着本子进办公室，吓得她一激灵，手里的本子差点儿落在地上。

"方夏夏同学，谢谢你对老师的关心，请不要把精力用在不相干的事情上。这是最后一次警告你，否则，我就打电话通知你家长。"米星希神经好像出了点儿问题，张嘴就是"打电话通知家长"。

自从方夏夏从米星希办公室回来后，就开始发奋学习，并且变得沉默寡言，课堂上她安静得像一只刚出生的小猫。

我和她说话，她也不理我，变得神神秘秘，下课以后经常和几个女生说悄悄话，似乎在密谋什么事情。

由于方夏夏和副校长发生过不愉快的事情，所以我开始留意起副校长来。

副校长五十多岁，虽然人很严厉，但还称得上是一名优秀教师，据上一届的学生说，他曾经为得白血病的学生捐过骨髓，尽管无从考证事情的真假，但我坚信事情是真的，因此每次在学校里碰到他我都会肃然起敬。

一天早晨，我和苏美达上学晚了一会儿，我从公交车上下来就一路小跑，跑到十字路口时，一辆自行车横冲过来，与我撞个正着，我的脑袋当即被撞了一个鹌鹑蛋般的大包。

我刚要骂这人不长眼睛，却感觉眼前一道亮光闪过，当即清醒过来：这人头顶锃亮无比啊！

这不是副校长吗？刚才那道亮光，正是他那全校独一无二、空前绝后的秃顶的反光。

我连声道歉，问他哪里受伤，副校长却不以为意，说自己骑车不注意撞到了我。

我问他为什么不坐专车，改骑自行车，他说是锻炼身体。

进入学校，我目送他把车子送入自行车棚才上楼。

我没有把这事放在心上，不认为这件事有什么特殊，但中午校广播里的一条消息却改变了我的想法。

校广播的消息大体内容是副校长大人的自行车丢失了！

下午上课的时候，米星希到班里问大家有没有看到；大家都很奇怪，学校有保卫，自行车根本就没有丢失的可能，怎么会突然不见了呢？

保卫处的老师找遍整个学校都没有找到自行车，大家都以为学校里来了小偷，把车子偷走了。

下午最后一节课上课前，班里有个女生急匆匆跑到米星希办公室，说找到校长的自行车了。

出乎全校师生的预料，副校长大人的自行车居然在女生厕所里找到了！

发现副校长自行车的过程很有趣，下课时，女生都上厕，由于去的人太多，大家不得不排队。前面上完厕所的女生都一个个安静地走了出来，只有她进去后，发现在厕所深处居然放着一辆阿米尼自行车，便大叫道："自行车！一定是校长大人的自行车！"当时，厕所里有很多人，却没人答话，也没人为此感到惊讶。

这个女生感觉很奇怪，仔细端详一番自行车后，拿不定主意，嚷嚷道："这是谁的自行车啊？"还是没人理她，因为大家都知道这是副校长的自行车，就是没人说。她看着自行车发呆好长一段时间，实在忍受不了厕所难闻的气味就跑了出来，思来想去后，才去找了米星希。

米星希把事情告诉了副校长，副校长听了很生气，亲自带保卫处的老师去女厕所取自行车。

当时正是女厕利用率最高的时候，老校长站在女厕门口，见车心切，伸长脖子往里面眺望，得到所有女生的"白眼球"，他想进去取，却发现身边的都是男老师。这时,林可可正好经过,副校长叫住林可可,自行车才被弄了出来。

自行车弄出来后,林可可站在走廊上狂吐不止,其他老师也躲得远远的,因为自行车的气味太难闻了。据有关人士猜测,自行车在女厕中一定被下了"黑手",否则不会气味这么大。

副校长对此事非常愤怒,他下定决心找到那个藏他自行车的人。第二天,副校长就找到了那个藏自行车的人——方夏夏。

据说,有人看到方夏夏推自行车进教学楼,但方夏夏拒不承认,后来,只好找那个目击证人亲自指认,结果那人是高度近视,见到方夏夏又说不是。最后,证据不足,副校长只好作罢。

后来,米星希把方夏夏训了一顿。奇怪的是,他没有打电话找方夏夏的家长,而是心平气和地对方夏夏说:"你要是再这样胡闹下去,我就把你调到别的班级去!"

方夏夏听到这话,当场就哭了出来。

米星希叹了口气说:"如果哭有用的话,还要老师干吗!"

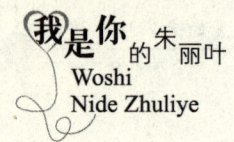

5.我们和老师用梦话交谈

方夏夏决定为米星希和林可可之间搭一座桥。

她说这话的时候,忧郁地说:"爱一个人就要让他得到幸福!"

"你还是听老师的吧,再胡闹下去,事情只会越来越糟,直到不可收拾!"

"不会的,你知道吗?米星希要过生日了。"方夏夏话一出口,立即有数十名同学围了上来,大家七嘴八舌地问:"哪天哪天?"

"下个星期六,我们准备一下吧!"方夏夏说。

大家开始议论起来,方夏夏信心十足地说:"老师的生日,林可可一定会来。"

对于学生来说,时间就像约会时的表,快得令人哭天喊地。

星期六到了。

我们把一切都准备好了,只等米星希的到来。

每天放学前,米星希都会来班上巡视一次,这天也不例外。

米星希走进教室,灯是亮的,每个人的表情和平时都没有什么区别。突然,教室里的灯灭了,整个学校一片黑暗。

站在黑暗中的米星希说:"怎么会停电呢?"

这时,两个女生捧着带有蜡烛的生日蛋糕,从最后一排走向米老师,大家齐声道:"祝老师生日快乐!"

米星希笑得嘴都合不上了，连忙向大家鞠躬，说："快开灯啊！太黑了！"

他以为这是电影呢，送完蜡烛就开灯，其实我们也想开灯，但是，单小刀把整栋楼的电闸拉了。我们就在心中对单小刀说：怎么搞的，快开灯啊！

接着，教室里响起杂乱的脚步声，同学们都走向讲台，搞得米星希很奇怪。

一会儿，灯终于亮了，讲台上摆满了送给米星希的礼物。米星希激动得差点儿哭出来，他不住地说："谢谢，谢谢大家！"

那些礼物五花八门，米星希翻来翻去，竟然从里面拿出了一个芭比娃娃。

他把娃娃拿到手里，仔细端详，笑着说："这个很有趣嘛！"

"老师，娃娃裙子里还有字！"不知哪个女生说了一句。

米星希从芭比娃娃的裙子下面拿出一张纸条，念道："祝老师早日找到另一半！"

他抬头看我们，眼睛中溢满泪水，教室里有一个女生，泪水已滑过脸颊。

她就是方夏夏，那个芭比娃娃就是她送给米星希的。

放学后，我、苏美达、单小刀、灰满城四个男生和五个女生到米星希寝室给他过生日。

我们买了好多东西，一起动手给米星希做饭，让他一个人坐在桌旁看礼物。

这期间，我们一直期待的林可可始终没有出现。

据说，林可可的男朋友今天也过生日，她一定是陪男朋友去了。

吃饭的时候，林可可还没有来，米星希还抱有一线希望地向门口

望去，以为会有敲门声，结果，门外寂静如水。

大家开始吃饭，刚吃了几口，米星希的脸上就露出了奇怪的表情。

几个女生立即关切地问道："老师，好吃吗？"

米星希点点头，几个女生笑容灿烂："那是，我们做的东西是最棒的。"

其实，她们几个做的菜难吃死了，只不过大家不想扫她们的面子，不说出来而已，毕竟那是她们在云雾缭绕的环境中挥汗如雨做出的。我现在又明白了一个道理，期望美女做出好菜，就像大家期望公鸡下蛋、老校长滚蛋一样，虽锲而不舍，却不可能实现，反使肉体和精神都遭受不同程度的损失。

吃完一会儿后，门外响起了敲门声，打开门一看，正是林可可老师。

米星希激动得一下子站了起来，方夏夏用力拉他衣角，他才坐下来。

方夏夏小声说："老师，不要这么猴急好不好？你不是给大家讲过喜怒不形于色吗？"

米星希点头……林可可进来……坐下……打开包……拿出礼物……递给米星希……米接过……笑……说谢谢……打开礼物……拿出礼物……米星希惊愕……所有人惊愕……

整个场面像动画片一样的慢动作，所有人都呆了：林可可送给米星希的礼物竟然也是一个芭比娃娃。

方夏夏低下头，郁闷之极："怎么会是一样的！"

"祝你早日找到另一半！"林可可笑着说。

方夏夏低头用力地撕一张面巾纸，脸色非常难看："怎么又是一样？"

林可可说完这一切，就走了。她说："你们慢慢吃吧，米星希，

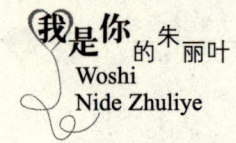

我真的很羡慕你！"

米星希傻笑着回应她，那笑比哭还难看。

林可可走后，米星希突然变得特别兴奋，嚷嚷着："今天我高兴，我请大家喝酒！"

"老师，喝什么？我请您！红的、白的、啤的、XO、人头马、威士忌？中国的，还是外国的？我家全都有，你想喝，我就全给你弄来！"灰满城豪气冲天。

"不麻烦你了，我自己有！"说着，米星希撩开床单，伸手一拉，就从床下拉出一箱啤酒，"准备好久了，一直没有心情和胆量，今天我们一醉方休。"

米星希看了看我们，发现我们都在愣愣地看着他，样子近乎傻掉，就笑了笑说："别害怕，你们是我的学生，我不会教你们酗酒的，我自己来。"

说着，米星希就拿出一瓶啤酒，方夏夏这个马屁精立刻拿出起瓶器，麻利地弄掉瓶盖，并殷勤地递上杯子，倒上啤酒。米星希抓起杯子，一饮而尽。

米星希一喝酒，大家就放松了起来，用饮料当酒互相猜拳玩，大家嘻嘻哈哈，玩得乐不可支。

米星希喝起酒，话就多起来，什么谈学习、谈理想、谈爱情，特别是谈了他在学校时是多么英俊潇洒，追他的女生如何趋之若鹜，如何半夜摸进男生寝室楼给他递纸条，如何在他女友回家时和他在电话里聊天，如何利用在食堂打饭的机会向他表白，如何在校联谊会上给他献花并上台拥吻他……

刚开始大家很相信他说的话，很专注地听，后来，我们发现他说话越来越离谱，越来越语无伦次，便索性不管他，各玩各的了。

到晚上八点的时候，米星希说话舌头都已经大了，我们被他一句句胡话搞得"丈二和尚摸不着头脑"、"秃头校长摸不到头发"。他说："你们这帮小屁孩，要好好学习，别乱搞对象，搞得哭哭啼啼、难解难分，多没劲啊！我告诉你们，只要考上大学，你们随便谈，玩命谈，找十个女朋友老师都不管你，甩十个男朋友老师都不说你……说……那时，好像我也管不了你们啦。来，喝酒吧，对，喝酒，酒……"话还没完，他便呼呼大睡起来。

方夏夏说："我们回家吧，太晚了。"

大家点头，一起把屋子收拾干净，苏美达把米星希弄上床，盖上被子。一切弄好后，大家关上灯，刚要离开，却听到米星希说："回来！上哪儿去！"

大家转过身，米星希又说："上哪儿呀你呀，上哪儿呀你呀，林可可，我真的很爱你哦！"

晕！原来米星希在说梦话。

已走到走廊的方夏夏又折了回来，她打开灯，直奔米星希的床。

"方夏夏，你要干什么？"苏美达小声说。

方夏夏挥手让大家小声说话，她蹑手蹑脚走到米星希床边，从书包里掏出随身听，悄悄地放到了米星希的枕边，按下开关，之后，对我们笑了笑，小声说："五分钟就可以。"

大家终于明白，方夏夏要给米星希录制梦话专辑。我们关上门，返回屋子，一齐围到米星希床边。

米星希还在梦话中："林可可，你为什么要这么折磨我啊？你知不知道我很痛苦啊，你和那个小子不会有好结果的，他给不了你幸福……"

"我爱你，林可可，好爱好爱哦，我很想你，天天都在想啊……"

万眉婉没忍住，发出"呵"的一声笑，方夏夏立刻捂住她的嘴巴，

大家条件反射地都捂住了嘴巴。

"你真的很爱林可可吗?"方夏夏突然说话了,大家都很吃惊,她要做什么?

"是的,我很爱林可可。"熟睡中的米星希用梦话回答。

"你爱她,为什么要拒绝她?"方夏夏又问。

"因为我穷,我没有钱,我没有房子,我自卑,我配不上她……"

"难道你不知道,这些都不是理由吗?"

"知道。"米星希答。

"你现在的真实想法是什么?"

"我爱林可可,我要娶她,我要和她在一起,我要……"

……

方夏夏把米星希想对林可可说的话全都套出来了,大家站在一边笑个不停。

方夏夏关上随身听,录制梦话结束。她提议该走了,这时,灰满城又来了精神。他跑到米星希床边,问:"班里你最讨厌谁?"

"方夏夏!"米星希梦语。

"为什么?"

"她总写情书给我,还总问我有没有收到,我说收到了,她就问我为什么不回。于是,我就给她做爱情思想教育工作,讲明师生恋的危害性,结果,她就哭。她的哭声很难听,真是烦死了,我最讨厌她……"灰满城还想问,结果被方夏夏的拳脚所阻止。

方夏夏很生气,对着米星希说:"真是没良心的老师,为了你的爱情我付出了多少啊,我容易吗?!"

灰满城又问老师:"班里你最喜欢谁?"

"万眉婉。"

"为什么?"

"和我妹妹长得很像,小孩聪明可爱,学习好,总喜欢问为什么……"

万眉婉激动得冲过去要拥吻老师,被苏美达阻止了。

苏美达说:"对老师性骚扰不会有好下场的,以后林老师知道了,非扁你不可!"

我站在一边,捂着肚子差点笑死,她们真是太搞笑了。

没办法,有米星希这么搞笑的老师,学生不搞笑都难。

走出米星希的房间后,方夏夏拿出录好米星希梦话的磁带,放在手中,闭上眼睛,自言自语道:"希望林老师能回心转意,接受米星希。"

然后,把磁带放进林可可门边的信箱里。

听到"咚"的一声轻响后,方夏夏才睁开眼睛,她已泪流满面。

我们离开的时候,米星希的房间内仍然能听到轻微的说话声。我想,他还在说梦话吧,也许,在梦中,他们会终成眷属。

我们几个男生各自送女生回家,我送方夏夏,两个人走在寂静的大街上,没有说话,风有点凉,我的心湿湿的。

路上,她把随身听的耳机递给我一个,里面是首很好听的歌《保持微笑》:

又一个朋友伤了心／她哽咽着问我哪里才有爱情／心疼地把她搂在怀里／说不哭不哭我却先红了眼睛／失恋在这个城市到处横行／天使又一再失约从来没降临／让我们保持微笑／给寂寞的人一些依靠／我们要保持微笑／给孤单的人一种心情的拥抱……

方夏夏在家门口对我微笑了一下,我突然发现她和我以前的同桌李薇拉很像、很像。

他爸爸出来接她了,我迅速转身离去。

6. 又一个计划书

第二天,我们期待着林可可的出现,希望可以看到她的笑容,希望她能与米星希牵手来到班级,对大家说,同学们,我们要结婚了。

但是,这都是幻想。爱情是不能幻想的,幻想爱情就像差生幻想考入北大、跳入未名湖洗澡一样不切实际。

这天,我们没有看到林可可,连她的影子都没有。那盘磁带她到底有没有听呢?她听过之后会不会回心转意,去和那个男人说分手呢?

中午时,方夏夏不放心,就跑到林可可的寝室敲门,结果,门是锁着的。

她又敲了几下那个放入磁带的信箱,只听到空空的声音。

她准备离开时,却发现清倒垃圾的阿姨正在端详着一个东西,她走过去一看,正是昨天她放入林可可信箱的那盘磁带。

林可可竟然把磁带扔了!

可恶!

方夏夏没有哭,她看了一眼就走了。

下楼的时候,她碰到了林可可,林可可笑容满面,她说她要结婚了,今天,她去看房子了。

下午,米星希突然消失了。

放学时，我们看到他哼着歌从学校外面悠闲地走了回来。

我们问他上哪儿了，他笑而不答。

后来，我们才知道，他去相亲了。

方夏夏得知米星希相亲的消息，一点都不惊讶，她只说了三个字：好得很。

她又开始发奋学习，上课不小声说话、不看漫画书、不乱借我东西不还、不对我搞恶作剧。

我以为她恢复了正常，可我万万没有想到的是，一天，她突然又递给我几张信纸，我看了一眼后差点儿晕死过去——《米星希相亲计划》。

"我要为老师炮制女朋友！"方夏夏突然无限畅想地大声说。

当时，她已经站了起来。

当时，正在上课，讲课的是一位五十多岁的男老师，慈眉善目，老学究型的。

当时，她的声音出奇地大，吸引了在场所有人的目光。

男老师是教语文的，他和米星希换的课，他对方夏夏的话很感兴趣，只听他慢吞吞地说："为我炮制女朋友？这句话不是很恰当哦，按照我这个年纪来说，炮制个老伴什么的应该比较适合。你的这句话，应该这么说'我要为老师炮制女老伴'，光这样表达还不行，因为老师这个词太泛泛了，在老师前面加上姓应该更好。打个比方，我姓史，这样一来，这句话就应该是'我要为史老师炮制女老伴'！"

男老师说话有点方言口音，那句"我要为史老师炮制女老伴"从他嘴里出来后就成了"我要为死老师炮制女老伴"！

全班一阵爆笑。

史老师站在讲台上很失望地看着大家,像医生在看精神病院里的一群疯子。

下课铃声响起,全班骚乱,大家抓起饭盒,玩命冲出教室。

方夏夏手中的计划书被人撞掉在地上,她捡起来时,上面已是尘土飞扬,脚印横行。

她看了一眼后,好像想起了什么,立刻拿出自己的饭盒玩命地挤进了人流。

随后,我也跟了出去……

Chapter **7**

为米SIR做红娘

1. 米星希比窦娥还冤

今天我一进教室，便知道我们尊敬和爱戴的班主任米星希又失恋了，因为他每次失恋都会让同学们大声地朗诵一些课文，今天朗诵的是《窦娥冤》。如果我没有记错的话，我们已是第18次在早晨大声地朗诵课文了。

自从林可可老师张罗看房子准备结婚开始，米星希似乎才真正意识到他和林可可是没有结果的，心灰意冷的他不再提起林可可，往日两人的欢笑打闹也消失得无影无踪，彼此间剩下的只有尴尬。他们似乎回到了刚毕业时，两个人最初走进这间办公室时的状态：面带微笑，各做各的事，没有特殊的事情不再说话。

办公室的气氛变得令人窒息，同学们去米星希办公室的次数也少了，有时，办公室的门一整天都不会被敲响一次。

林可可四处看房子，她不久就将结婚的消息已尽人皆知。

此时，仍孑然一身的米星希进入了无数热心老教工的视野，他们开始为这个年轻有为、老实呆瓜的男老师物色女朋友了。

米星希也不再像以前那样以工作忙为借口推辞了，他像换了个人一样，开始大张旗鼓投身到令人恐怖的相亲中了。

刚开始，只是学校里的老师为他安排相亲活动，后来，渐渐发展为所有认识他的人都为他介绍女朋友。相亲次数也由最开始每月一两次，发展到每周三四次。

为米星希做红娘已经成为学校里的新热点，并形成一种流行时尚。林可可要结婚的事被这种突如其来的"流行时尚"淹没了，人们似乎忘记林可可要结婚了，没有人说起她，她被大家淡忘了。

她自己也经常莫名其妙地失踪，她看房子看了一个月都没有结果。后来，大家发现她是在故意躲着大家，每次有老师来办公室和米星希谈相亲的事儿，她都会离开。谁也不知道，她是有事外出，还是内疚，或者她根本就是讨厌米星希，讨厌别人对米星希的热情与对她的冷漠。

尽管给米星希介绍女朋友的很多，可米星希的相亲质量却不高，屡屡受挫，其主要原因就是因为他出奇地吝啬，他与人家姑娘见面一点也不大方，就连买车票都要先把钱放在手里一张一张地数来数去，像数语文卷子似的，失恋也在所难免了。尽管他时常教导我们"自己未来的幸福由自己把握"，可就他自己的爱情问题却始终把握不好。

看着米星希整日愁眉不展，我们全班同学也都为他着急，更可气的是，四班的男女生经常大摇大摆站在走廊里大谈米星希，说米星希如何如何找不到女朋友什么的。甚至，在四班的学生口中还流行起了"相亲"二字，不管是在任何地方，只要看到我们班同学，四班学生就会大叫着"我们相亲去吧"。不管他们是上厕所，还是上图书馆，或者约会……"相亲"几乎成了他们班同学的口头禅和联络暗号。

一直为米星希的爱情牵肠挂肚的方夏夏此时没有了声音，我想她应该是对米星希深怀愧疚。

这天，还没等我放下书包，方夏夏就瞪圆了眼睛小声说："告诉你一个秘密，米星希这次失恋的全过程又被单小刀全都看到了。"

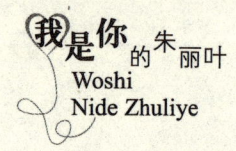

我回头一看单小刀身边围了一圈人，哼，这小子又在卖弄了。

这时，米星希走进了教室，一脸阶级斗争相，转身在黑板上写下了他让大家朗读的文章——《窦娥冤》。

昨天放学，单小刀在路上碰到米星希和一个漂亮女孩聊天，于是便尾随在后。

米星希边走还边说笑话，那个女孩听后发出像徐静蕾一样的笑声。见女孩笑了，米星希便说这个笑话是某月某日在一家书店中的一本书上看到的。本想买下那本书来，可一问价钱却是贵得惊人，便到另一个小一点儿的书店，说是打八折，可还是觉得贵；又跑了四站地六家书店，最后，在一个旧书摊上找到了那本书。可价钱还是有点贵，便在那里站了半个小时，装出很想买书的样子，把书上十余个绝妙的笑话背了下来。最后，他笑眯眯地问女孩："你觉得这个笑话如何？"

女孩回头给米星希一个章子怡式的微笑："你好聪明啊！这么土的办法你也想得出来？"

"呵呵，没什么！"米星希尴尬地笑了笑，好像他已觉察出女孩话中的讽刺意思，"我请你吃晚饭吧！"

"不用了，我还有别的事。"女孩刚说完，手机就响了起来。

女孩站在街边大声说："啊……你在哪儿……你来接我？……好啊……什么，你看到我了？"

女孩挂掉手机，转过身，这时，一辆豪华轿车轻轻地停在了女孩面前。一个高大帅气的男子从车里走了出来，他和女孩有说有笑的，像恋人一般。

"我走了，电话联系！"女孩对米星希说。

米星希点头，怔怔地看着女孩上了轿车。

162

男人在车上问女孩:"他是谁?"

"我的一个初中同学,在路上碰到的。"女孩说。

"哈哈,我还以为是你男友呢!"

"呵呵……"女孩淡淡一笑,看都没看米星希一眼。

车开走了,只留下一个呆若木鸡的米星希。

单小刀猜那人可能是女孩的男朋友。

听后,我真是义愤填膺,方夏夏说:"米星希真是好可怜呀!不如我们为他想想办法。还记得我的《米星希相亲计划》吗?"

方夏夏的这个提议立刻得到我和单小刀的响应。

"我们考试能考好,为什么不能把老师的爱情问题解决好呢?"我说。

"当然能,计划书在此,我会弄一个可行性报告给你们。"方夏夏从书包里翻出几张信纸。

"方同学,你要干吗?你又不是职场女性,搞什么可行性报告啊?米星希的爱情不就是毁在你的培养计划里吗?"单小刀说。

"你!这次我会找个比林可可好一百倍的女孩介绍给米星希,给她瞧瞧,让她肠子都悔青了。"方夏夏信誓旦旦地说。

2.为米星希当红娘

林可可班上的那些家伙继续说什么"被甩是可耻的"、"将失恋进行到底"一类的风凉话。他们肆无忌惮地嘲笑米星希，引起了我们全班同学的反感，灰满城差点儿因此和他们打起来。

难道我们就这样任由他们笑话吗？

第二天，苏美达便以班委会的名义，在早自习上，发表了一番慷慨激昂的演说，同学们在我的鼓动下也都群情激愤，声称坚决处理好米星希的爱情问题，再也不能让米星希这样失恋下去，我们要给米星希一个惊喜。

课下，我和方夏夏、单小刀、苏美达对米星希前十八次失恋进行了一次系统的分析，最后得出以下结论：一、米星希太贫穷；二、现今女孩找男友，多注重帅气与否，米星希气质虽佳，可疏于修理；三、米星希不够主动，错失战机；四、方法太老套，不懂得浪漫；五、不会说甜言蜜语。

我们最后决定，每个人都要尽其所能，为米星希物色女友，并严正提出，在品貌俱佳的基础上，还要不看重金钱，注重金钱者一概取消与米星希见面的资格。还有，如果谁能为米星希解决爱情问题，将免去他全年的值日工作。

全班同学利用一个星期的时间发动自己的父母、亲友、同学为米

星希找女友,通过大家的努力,还真收获不小。

第二周的星期一早晨,我们来到学校便开始了"工作"——为米星希初试女友。

由两个同学守门口,防止老师或者其他班同学闯入,走漏风声。

我和方夏夏坐在教室后面,方夏夏拿笔登记,我收照片,苏美达负责维持秩序。同学们纷纷掏出美女的照片及资料,还真不赖,都算得上是美女。大家以我为中心围成一圈,像研究考试分数一样,研究我们未来的师母,全班形成了空前的团结。

方夏夏推荐了她的表姐,单小刀举荐他的远房小姑,苏美达推荐嫂子的妹妹,灰满城推荐他舅妈妹妹的女儿……共有十五个候选人,个个看起来都比那个瞧不起人的林可可强百倍,看来米星希的好日子快来了!

在评定中,方夏夏的表姐各方面条件可以说是首屈一指的。师大音乐系毕业,比林可可至少漂亮一百零一倍,在某中学教音乐,不仅琴棋书画样样精通,而且还有过少年学习武术的经历。目前,她仍然坚持锻炼身体,据说还学上了跆拳道,这点与米星希的武术经历最相配。更重要的是,她居然对米星希这个全市优秀教师慕名已久,正想有机会向米星希请教呢!

如果他们两个人恋爱,那简直是一绝配,闻鸡起舞,在公园里切磋武功,绝对是现代版的"老师侠侣"。

3.方夏夏的苦肉计

近一段时间，方夏夏可有点儿不像话了，卷子不是忘在家里就是没完成，上课时东张西望还打瞌睡，上一次米星希的那科模拟考试她竟然没及格。米星希找她谈了几次话，可是居然没见什么起色，方夏夏仍旧是那样拖拖沓沓。

一天，米星希终于对方夏夏下了最后通牒："马上叫你家长来见我！"

以前，米星希一说找家长，方夏夏就会哭。而这次，她不仅没哭，还装出一副满不在乎的模样，甚至还讨价还价地说："我爸妈都出差了，最近由表姐来照顾我的生活，米老师，我表姐算不算家长？"

米星希皱着眉头说："你表姐多大啊？不会也是个学生吧？"

方夏夏诡秘地说："多大了？米老师，和你差不多吧！她不是学生，是和您一样的管学生的老师。"

米星希这才放下心来："也是老师，那就好办了，请她来一趟吧！我们正好切磋切磋。"

"可是我表姐和您同时没有时间，只是休息日才能出来呀！"方夏夏得寸进尺地说。

米星希被方夏夏翻来覆去地搞得有些不耐烦："别找借口，这次你表姐非来不可，休息日也没有关系，我可以在周日等她。如果她不

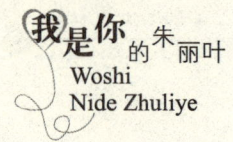

来，你也不用来了！"

当我们这次行动的先锋方夏夏向我们通报上述情况时，我们高兴得差点儿疯掉。看来这次米星希的爱情要开花结果啦！可方夏夏却发起了愁："可是我怎么骗我表姐让她去找米星希呀？再说，我爸爸也没出差呀，要是他们知道我成绩下降了，还不扒了我的皮呀！"

我们又七嘴八舌地给方夏夏一番好言相劝，最后，方夏夏决定好人做到底。她咬咬牙说："宁愿牺牲我一个，幸福米星希他一生，我豁出去了！"

至于如何去游说她表姐和她老爸老妈，方夏夏说："办法总会有的，你们就别管了，既然我答应了，我就要把这件事做好。"

当即，苏美达决定以权谋私，用班费买两张音乐会的门票，由方夏夏投其所好送给她的表姐，让她在周日去学校与米星希成功会晤后好好一起去听音乐会，然后来个烛光晚餐，再然后嘛，一切大功告成啦！

4.有没有钱是次要的，重要的是人品

周六，我们去方夏夏家玩，她把她的表姐也骗去了。我们和她表姐闲聊，逐渐谈到米星希，便大力渲染米星希的优点，说他如何能文能武；如何省吃俭用，不惜血本供前女友读研，结果却被女友伤害；又如何爱惜学生，为了学生付出一切，以致耽误了自己的爱情；他是一个有情有义、善良勇敢、富有责任感和骑士精神的男人。

方夏夏的表姐边听边发出"哦"、"啊"、"是吗"、"真了不起"一类的感叹词，在大家数张嘴轮番吹嘘下，方夏夏的表姐产生了浓厚的兴趣。她脱口而出惊叹道："真没想到，世界上还有这么好、这么完美的男人！"

当我们提出把她介绍给米星希时，她很高兴地答应与米星希相处试试。当我们提到米星希没有钱时，她爽快地说："有没有钱是次要的，重要的是人品。"

她还认真地说要看看我们老师那边啦！

为了使事情更为圆满，方夏夏把她的主意告诉了父母，出人意料地得到了其父母的大力支持，他们连连点头："米老师，好人，好人！"

嗨！可惜好人就是得不到爱情，真希望方夏夏表姐的眼睛是一双"慧眼"。

我们去米星希的寝室找他,他还以为我们是去和他研究班务呢,热情地拿出他床下的一包糖炒栗子与我们分享。可是,当我们流露出要给他介绍女朋友的意思时(只字未提方夏夏表姐的事),他的脸却严肃起来,说什么学生给老师找对象如何不妥,会影响学习啦……反正他擅长的思想教育全上来了。

结果,我们和一包糖炒栗子灰溜溜地被他送出了寝室。在门口,碰到了路过的林可可,她和米星希打一声招呼,就使米星希的脸闪电般由阶级斗争变成了开国大典,而且满脸通红,像烤乳猪似的。方夏夏小声对米星希说:"老师,别那么没有出息好不好!我们不理她!"

米星希不语,唉声叹气地关上了门。

方夏夏表姐一事,因米星希的拒绝而暂时放下,可方夏夏的表姐却没忘这事,十分关注着米星希,经常找方夏夏了解米星希的近况。

据说,前几日,米星希来了家信,他妈在信中还叮嘱他的婚姻大事。他整日更加愁眉苦脸,人也瘦了许多。

为了把事情促成,方夏夏连续两个下午旷课,米星希这才想起一直没有与方夏夏家长见面的事。

次日,我们又去通知方夏夏表姐,事情总算有了眉目。

5.米星希与落汤鸡的约会

  这天,是我们精挑细选的良辰吉日,米星希将和方夏夏的表姐首次见面。

  主要内容:两人见面后,一同到音乐厅听音乐会,音乐会后到江边散步,放风筝,烛光晚餐。最后,由米星希送方夏夏的表姐回家。

  由于是第一次见面,我们也没有安排太多的议程,这样开销会比较小一些。

  为了这次见面,我们事先为米星希做了大量的侧面思想工作,就是在他面前多说一些慷慨大方的男士是如何赢得爱情的例子,暗示他家里生活再紧张,再需要省钱,也不要在恋爱上省,大方一些是有好处的。

  米星希听了我们这些话,有点儿警觉:"你们是不是又有了什么新的阴谋?"

  "阴谋?老师,我们哪有阴谋?"方夏夏说。

  "告诉你,方夏夏同学,这次我一定要将你的全部行为都告诉你表姐!"

  方夏夏不语,作害怕状。

  米星希出发前,我们塞给他一封信,告诉他上车后再看。

  信中告诉了他事情的真相,希望米星希配合,抓住这次难得的爱

情机会。其中,我们用了大量极富感情的语言,米星希是个知书达理的人,我们相信他不会扭头就走的。

方夏夏的表姐,既美丽又善良,是学音乐的,和林可可个头差不多,长相有些相似,都属于淑女型的。米星希也许能在她身上找到林可可的感觉,是否成功就看米星希的了!

中午,我们就来到了方夏夏家,她表姐看我们到来,便出发了。

一切都按计划有条不紊地进行着,我们在方夏夏家听消息,静等事态发展。但是,方夏夏说她总是有点儿提心吊胆不放心,女孩子总是想得太多!事情至此已成功了一半,为了这一半的胜利,我们一起去吃方夏夏最爱吃的糖炒栗子,一起看《北京爱情故事》,享受着阳光照在脚面上的温暖。

方夏夏说米星希并不是一毛不拔的,去年夏天,方夏夏的爸爸妈妈出差,她做阑尾炎手术,就是米星希给她付的医药费。为了这事,米星希足足啃了两个月的凉馒头,这件事除了方夏夏,没有其他人知道,米星希也不让她告诉别人。他总是默默地关心鼓励大家,像我们的兄长、朋友、知己一样。

说着说着,就到黄昏了。这时天已经阴了下来,天黑时,便开始雷雨交加。雨下得很大,方夏夏说现在烛光晚餐应该快完事了。我们又等了一个多小时,我们几个人都很着急,不知道事情到底能发展到什么地步,只好围坐在方夏夏家的客厅里,听着窗外哗哗的雨声……

不知过了多久,雨停了。

这时,门铃响了。我们兴奋地开门一看,全都惊呆了——方夏夏的表姐落汤鸡一样伫立在门口。原来,见面后,方夏夏的表姐便说明了来意,米星希也看了信,知道了我们的用意,所以气氛比较轻松。可是,令人吃惊的是,米星希居然和方夏夏表姐在马路上走了一下午，米星希似乎是故意这么做的。音乐会根本就没有听成，烛光晚餐更成了泡影，原来两个人见面后还真切磋了一下午教育问题。我们设想的火花根本就没擦出来，白白浪费了两张音乐会门票。更可气的是，米星希并没有送她回家，她是自己回来的。

方夏夏表姐边叙述边哭得一塌糊涂……

这个不可救药、不解风情的米星希呀！

6.打嗝和打喷嚏交相辉映

第二天,我们三个便气愤地找米星希理论。在走廊里碰到他,他一句话也没有说,大声地打着喷嚏从我们身旁走过。

米星希得重感冒了,鼻涕一把泪一把地给我们讲课,还真有些悲惨。算了,也没办法找他去理论了。其实整件事米星希都处于被动,也难怪他不配合啦!不过,我们并不气馁,决定找机会为他安排第二个人见面——单小刀的远房小姑。

这次,米星希痛快地答应了,他不想让我们白费心机。因为班里要搞一次演讲比赛,正好要买一些奖品,于是单小刀自告奋勇地推出他的远房小姑。单小刀小姑是一家大商店的经理,米星希很受感动,我们怂恿他请人家吃顿大餐,米星希愉快地接受了。当然作陪是少不了我们的。

一路上大家都很谈得来,我们看在眼里不禁有些窃喜。单小刀的小姑人挺诚恳,干干净净的,不过,吃饭时,我们却发现她有一个爱打嗝的毛病,一会儿一个嗝,叫人总感到不怎么舒服。

五个人坐在靠窗的位置一起吃饭,只听着单小刀小姑一个接一个地打嗝,搞得大家都没有心思说话了,没有什么好说的,只好老老实实地吃饭了。

米星希由于感冒没有痊愈,一会儿一个喷嚏。一个打嗝一个打喷嚏，交相辉映，方夏夏在一旁捂着嘴想笑又不敢笑。

突然，一声巨响，米星希一个超级大喷嚏一喷而出，正好命中坐在对面的单小刀小姑，阳光下，她的脸上顿时变得金光灿烂起来。在座的人全都愣住了，米星希自己也呆了，单小刀小姑一句话也没有说，站起身，打着嗝推门而出……

不欢而散，我们几个和米星希拖着长长的影子回到了学校。

结果可想而知，像吹泡泡似的，又吹了。

7.米星希的绝配

我们后来又为米星希介绍了几个,都因各种原因没有见成,我们有些失去了信心。转眼间,期末考试又要到了,我们不敢掉以轻心,只好暂时把给米星希物色女友的事放下了。

一天,我们路过林可可的寝室,从门缝里看到令我们不可思议的一幕,她正趴在米星希的肩上哭泣。

我们简直不敢相信自己的眼睛,林可可不是要结婚了吗?怎么会投入米星希的怀抱?

"不要哭了好吗?"

"你为什么不让我哭?我就哭就哭,怎么了?"

"好,那你就哭吧!我依然保持这个姿势吗?"

"是的,不准你动,你要是敢动,我就踢你!"

"好的,我不动,这些天你都去哪儿了?总是看不到影子。"

"看房子!"

"看房子竟然看了一个多月?谁信啊?"

"是的,刚开始是看房子,后来就不是了。"

"后来?是他和你说分手的时候吗?"

"是的。"

"那段时间,你没课的时候就消失,去哪儿了?"

"寝室。"

"做什么?"

"哭,像现在这样,我不敢在学校里被人看到,我怕别人笑话我,特别是你!"

"没有人会笑话你,我更不会!"

"我现在才明白,男人的责任感是多么重要。"

"是吗?他没有责任感?"

"呵呵,他?他说他根本就没有打算和我结婚。当我拉着他四处看房子的时候,他就开始变化了,他总是说还早还早;后来分手时,他说他还没有做好结婚的心理准备,更没有准备和我结婚。"

"那他要和谁结婚?"

"据说是一个富家女,他说只有同等地位的爱情,才能找到安全感,他才会幸福!"

"这个混蛋、流氓,看我怎么收拾他!"

米星希开始满屋找东西,似乎是酒瓶一类便携式武器。

"你要干什么?"

"我要去教训教训他,让他尝尝我拳头的厉害!"

"你别去了!"

"为什么?"

"他早已经离开了这个城市,现在他应该在香港,和那个富家女在一起。"

米星希停下来,站在寝室中央,两个人紧紧地拥抱在一起。

林可可用力抓着米星希后背的衣服,哭得更厉害了。

"都怨你,都怨你!"

"喂,他的离开,关我什么事哦!"米星希说。

"都是你，你这个呆瓜，你知道吗？我一直都在等你向我表白，我一直都是爱你的，我一直期待着你能推开寝室的门，对我说，你要娶我！可是，我等了你好久，你都没有说，最后，我实在忍不住向你表白，你却拒绝了我，你知道我当时有多伤心吗？"

"知道，因为我也很伤心，我只是希望你过上幸福的生活，因为你和我在一起根本就没有钱途。"米星希说。

"钱？难道有钱就有幸福吗？虽然我们没有钱，但我们已经很幸福了！"

"我们？你和我？"

"是的，我和你，我们永远不分开好吗？永远不要再为对方斗气好吗？永远相伴，相伴一生好吗？有学校、有学生、有我和你，这不就是我们所要的幸福吗？"

"和我在一起，不后悔？"

"永远不，谁后悔，谁就是小狗！"林可可哭着说。

米星希突然笑了起来："你现在就已经是小狗了，流泪的小狗！"

他们就这样笑着、哭着、闹着，幸福地拥抱着对方，也许只有拥抱才能感觉到爱人的存在。

我们把门关紧，大家并排站在外面，阻止一切企图敲门的老师和学生，我们只告诉他们四个字：老师不在！

直到这时我们才发现，其实米星希和林可可才是绝配，他们才是最般配的一对。米星希那近二十次失恋皆是因林可可一人，两个人所做的一切，都是因为怨恨对方的不明白，都希望对方先说出口，结果，两个人越走越远，令人庆幸的是，他们的心始终是相连的。

这次，既没有人通知米星希，也没有人帮他，时间、地点和相处的方式都是他自己拿主意，不需要烛光晚餐，也不需要人陪同，更不

需要我们为他瞎操心,一切都顺理成章了。

我们忙着模拟考试,为明年的高考做准备。我们时常在窗口看到米星希和林可可手牵手走在寂静的校园里,走在老师和同学们祝福的目光中。

就像以前米星希所说的,自己未来的幸福由自己去争取,他真的做到了。

这以后,班里早自习高声朗诵课文的事再也没有发生过。

我们开始偷偷地叫米星希为"大米",叫林可可为"老鼠"。每当他们两个人走在一起,我们就会高唱《老鼠爱大米》,乐此不疲。

几个月后,米星希和林可可贷款在市区买了房子,他们开始为新家做准备了。

后来,米星希告诉我们,第一次听方夏夏说起她表姐时,他便已经猜到了我们的用意了。他怕我们失望,不想揭穿我们,就见面了。我们听后感动得不得了,我想,这就是米星希的与众不同之处吧。

米星希并没有给我们发喜糖,而是一大包方夏夏最爱吃的糖炒栗子,他知道方夏夏爱吃这个。他说有我们这么可爱的学生是他求之不得的。

其实,老师和学生就像糖和栗子,一旦放入锅里炒起来,他们就再也分不开了。

Chapter *8*

蚂蚱摇滚兵团

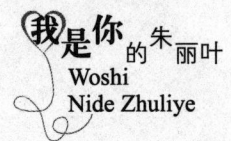

1.欺人太甚

近来,米星希忙着准备结婚,班里的事情都落到了我们几个班干部身上。班长苏美达忙得焦头烂额,整天像吃了 TNT 炸药一样全身都是火药味,让人怀疑他还是不是当初那只老实的西洋鸡——苏美达。

这天,苏美达一反常态,不声不响地把头埋到书桌上,我上前一看,他的本子上写着班上几名班干的名字,其中还有我。我忙问他怎么回事,苏美达说高一有个班对我班崇拜已久,要和我班开个联谊会,邀请函都已送来了。

苏美达得到内部消息,此班与我班搞联谊会有另一个目的——推出他班的"七星瓢虫"演唱组合。

如今,校园里像得了禽流感一样,流行搞什么演唱组合、摇滚乐队,目的就是炫耀和吹嘘本班是多么紧跟时代潮流,多么人才济济。

苏美达说:"他们班是有意要我们班在联谊会上出丑,欺负米星希不会音乐,欺负我班是音乐沙漠,我们就不敢接招了,真是欺人太甚!我们要马上搞个男生组合,一个月内把他们搞定!"

"男生组合要绝对酷,女生组合要绝对前卫,你看看咱班这些头蒜吧,哪个是那块料?唉,崔健、黑豹、郑钧来了也没有办法!优秀班级!优秀班级!!就数理化上能见功夫。"

我有点儿泄气，把身边像得了脑瘫的学委单小刀推到苏美达面前。苏美达端详一下单小刀，又看看我，脸上的肌肉变得像纸团一样皱巴巴的。

我们三个长得……帅？暂且不提这茬了！唱歌？嚎叫还差不多。至于乐器嘛，倒是会弹几下吉他，那也纯粹是为了发泄对×××（相信大家一猜就知道是何许人，此人乃我校老大，可是我却不敢说）的不满和愤怒，现在要搞组合，不是赶鸭子上架是啥？

可是苏美达说：人争一口气，佛争一炷香，咱们不能这么没志气，怎么着也得拉出去遛几圈呀！这下可好，我们不是鸭子，成了骡子或者马！

苏美达结合我们的自身条件，决定搞组合就搞 RAP 音乐，因为这种好玩的说唱音乐对于我们几个口齿伶俐的家伙再合适不过了。可是，没有好的伴奏怎么行？我们几个弹的吉他肯定会坏我们的事。坏我们事小，关系着班级的荣辱这事可大了！灰满城提议找李大猫合伙，他爸还是学校的音乐老师，给我们点儿阳光说不定我们还灿烂了呢！

我和苏美达虽有些怀疑，不过，有个事实却不容否认，李大猫是那种纯正的大脑简单、四肢发达的动物。在大家眼里，他是"蛋白质"的结晶，可他却是我班公认的歌王。苏美达想了想说："事到如今，只有找他救急了，只怕他还不干呢！"

作为苏美达死党的我一下来了精神："这个我来搞定！"李大猫这小子虽说学习成绩什么的弱了点，可思想却挺进步的，如果我拿入团来诱惑他，那肯定没问题。

于是，我找到李大猫，此时，他正在音乐老师的办公室里悠然自得地弹着电子琴。我讲明来意，并甜言蜜语把他从上到下夸奖了一

遍，最后我还答应解决他的团组织关系，结果李大猫被我弄得神魂颠倒，立马就答应了。

为了把事情做得更好，米星希还特意把我们几个弄到他的寝室大吃了一顿。在吃的过程中，米星希说："玩组合就要玩出个样子来，想当年我上大学，什么组合没玩过啊！"

"啊，老师，你也玩过组合？"李大猫惊讶至极。

"当然玩过了，玩过组合的人都是很有艺术气质的，看看我，是不是感受到了？"米星希说。

我们看着他那副眼镜和游移不定的目光，真不敢相信他还玩过组合，可是，这也不一定，因为米星希总是给我们以惊喜，就像以前我们不知道他还会武术一样。

2.一切都以蚂蚱的名义

　　苏美达、灰满城、我，对音乐都是外行，因此，一切重任都落到了李大猫肩上，由他负责编曲，我来作词。看在李大猫的面子上，我们又决定（其实这早在我们预谋中）请他的老爸——学校大名鼎鼎的音乐老师做我们的音乐总监。

　　当我们盛情邀请李大猫的老爸时，他惊讶不已，直夸奖我们有前途。然而，当得知是我们这几个人搞了个组合时，他却犯了难。他说要注重演唱者的嘴皮子和乐感，我们几个拍着胸脯说嘴皮子没问题，咱班干平时就是练这个的嘛！

　　他说有一句话叫"口说无凭"，今天他要来个"口说有凭"，考考我们绕口令。我们四个信心百倍，摇头晃脑地开始说"吃葡萄不吐葡萄皮……"一个，两个，到苏美达时他的舌头竟然不听使唤了，把绕口令说成了"吃爸爸不吐爸爸皮，不吃爸爸倒吐……"我朝他屁股上狠踢一脚，苏美达伸了一下脖子，"吐吐……吐爸爸皮……"音乐老师失望地摇摇头："胡说八道，你们放弃吧！"之后，破门而去。

　　李大猫说他爸是存心为难我们，他不相信我们能搞组合，能搞RAP。李大猫下定决心要编出一支有分量的曲子给他爸瞧瞧。

　　我们也不灰心，每天多练几遍绕口令就是了。

　　这天下课，苏美达把我们叫到一起，说："我们的组合叫什么

名字呀?"我们四个这才如梦初醒,忙来忙去怎么把组合名字都给忘了?李大猫叉着腰:"当今的组合名字不是××就是××,俗不可耐,再就是极端一些的,像四害之一的'蟑螂'。"

"名字越恶越好,我们也叛逆一次。"看来苏美达也被学习憋红了眼。

这时,灰满城念起报纸上一段新闻:某地蝗灾,蝗虫所到之处农作物被吃得一干二净。顿时,我们备受启发,互相递了个眼色,几颗脑袋便凑到了一起,李大猫轻声说道:"是什么祸害庄稼呀?"

"蚂蚱!"我们四个异口同声。那首关于蚂蚱的歌李大猫从开学一直唱到如今,我们却没有想到用"蚂蚱"做我们组合的名字。我们决定从今以后不说什么组合,我们要叫"蚂蚱兵团",这样更具杀伤力。

苏美达说:"以蚂蚱为主题创作一首主打歌,今后一切都以蚂蚱的名义。"

兵团的宣言:我们是害虫!

兵团的目的:让学校闹一场蝗灾!

3.这不是RAP,是摇滚!

几天后,我的歌词创作完毕,李大猫按照我作的词也在几天内谱成了曲子,当四个人试唱时,才发现曲子与词搭不上,说唱词简直就像疯子在说疯话,哪像什么RAP呀!

苏美达觉得应该向音乐老师请教一下,李大猫却死活不同意,硬要独自再谱一曲。

五天后,李大猫顺利地拿出了另一首曲子,大家一试唱,还真不赖,快赶上周杰伦《我的地盘》了。

初见成效,我们信心倍增,下定决心苦练唱功,战胜"七星瓢虫"演唱组。此时,好事之徒则早已将我们班的"蚂蚱兵团"要与"七星瓢虫"一决雌雄的事公之于众了,学校里传得沸沸扬扬,看来局势已经不是我们所能控制得住的了。

离联谊会只剩十天时,音乐老师来了,他说要听听我们的歌,我有些犹豫地答应了。

我们四个来到音乐教室,面对着音乐老师这唯一听众,认真地站好各自的位置,苏美达、灰满城和我抱着吉他,李大猫坐在电子琴旁。演出开始,我们几个又说又唱又蹦又跳。唱完后,李大猫嬉皮笑脸地走到音乐老师跟前,说:"老爸,感觉怎么样?"

音乐老师眉头紧锁,好半天才开了口:"你们这不是RAP,是

摇滚。"

我们像被泼了一头冷水,一瞬间全呆住了。音乐老师话锋一转:"总的说来感觉还不错,你们还是唱摇滚吧!中间穿插一段说唱词,这样不就两全其美了吗?"

我提到嗓子眼儿的心这才慢慢放了下来,汗也随即出来了。这要是没老师提醒,演出时既不像RAP又不像摇滚,在场的老师和学生不笑得满地找牙才怪呢!

李大猫说:"老爸,从前我怎么没发现你说话还有这种节奏呢?"

苏美达说:"蚂蚱本来就是善于跳跃、善于飞行的家伙,我们又何必死钻牛角尖,摇滚就摇滚,搞就搞出个名堂,这年头谁惧谁?我们一定能战胜'七星瓢虫'。"

我们四个聚到一起,把各自的拳头伸到一块,表示齐心合力。在我们的拳头上又多了一个大拳头,是音乐老师的,不!是我们"蚂蚱摇滚兵团"音乐总监的。

4.给老师婚礼当乐队

就在我们排练得如火如荼的时候,米星希和林可可的婚礼日期也到了。

下课之后,全班同学都像过节一样,议论到底送老师什么礼物,毕竟两个老师的爱情来之不易。

大家不知道送老师什么礼物好,就去问班长苏美达。

苏美达平时比较木讷,特别是着急的时候,偶尔会口齿不清。这次同学们问他,他却什么都不说,只是盯着我们组合的乐谱看个不停。

后来,他突然站起来,说:"我想到送什么礼物了,我们不如去给老师的婚礼当乐队,这样既可以为老师省钱,又可以锻炼一下我们的现场表演能力。"

"啊?给老师婚礼当乐队?"全班惊呼一片。

"能行吗?不会搞砸老师的婚礼吧?"

"专业的乐队都不一定行,别说我们班的了,再说米星希能信任我们吗?"

"米星希和林可可爱情来之不易,搞砸了就成千古罪人了。"

……

班里又开始呜啦呜啦起来,我们班就是这个毛病,议论点事就像

开锅了一样。

"我亲自去跟米老师说，我相信我们不会让老师失望的，因为这是最有意义的礼物。"苏美达刚要起身去找老师，却发现米星希和林可可早已立在门口了。

米星希手里拎了一大包东西，用红色的袋子装着。

"老师，那是什么？"一个女生好奇地问。

"喜糖，这是我们的喜糖。"说完，米星希就走进教室，同学们一拥而上，将喜糖席卷一空。

"老师！我们……"苏美达说了一半又吞了回去，也许他也感觉为老师的婚礼做乐队心里没底。

"我全听到了，我同意你们做我们婚礼的乐队！"米星希说。

"真的？谢谢老师！"全班一片欢腾。

为了在老师的婚礼上显示一次，我们请李大猫的老爸对我们进行为期三天的紧急培训。

米星希婚礼那天，我们几个早早地就来到了学校里，准备大唱特唱一把，没想到早已有一支乐队守候在那里了。

我们问过才知道，这支乐队是米星希事先请好的，他们同意我们加入乐队，打打下手。

刚开始我们心里还有点儿不舒服，后来，当我们和那几个专业人士合作时，才真正体会到米星希的用意，他们不仅指点我们唱，还手把手告诉我们乐器的用法和演奏技巧。

在结婚典礼进行的时候，我听到下面有人议论："这支乐队里的人年龄好像很小哦！"

"那几个年龄小的，不是乐队的，听说是米老师的学生！"

"学生？真是厉害！"

当穿着笔挺西装的米星希和穿着白色婚纱的林可可走进宴会大厅时,我们几个乐队成员高呼:"老师,你真帅!"

之后,便大敲大弹起来,和专业乐队在一起就是有感觉,表演的心情也好得不得了。

我们的表演受到观众的普遍认可,不仅那些陌生人对我们赞不绝口,更重要的是连我们学校的校长、老师、学生也都看到了我们,当我们大唱大跳的时候,台下的一群女生突然欢呼起来,坐在下面的校长和老师也跟着站起来为我们鼓掌。

我们像一只只快乐的蚂蚱,忘我地表演着、跳跃着,完全忘记了我们是学生,好像我们真的成了专业乐队的演奏员。

这一整天,我们都跟着乐队转,缠着人家问这问那,好像要用一天的时间把人家所有的本领都学过来似的。可惜时间短暂,下午典礼结束,我们只能无奈地和人家依依惜别。

乐队的主唱对我们大加赞赏,说我们很有前途,如果以后有机会,可以考虑带我们出去表演。大家一听,差点儿乐得死过去。

他们留给我们电话号码后,就准备离开,临走时,他们突然发现乐队里漂亮的女键盘手不见了。

后来,我们在饭店的楼梯间里找到了女键盘手,当时,她身边还有一个人。

那个人就是单小刀,我们找到他们时,他还在口若悬河地和人家女孩套近乎,吹牛吹得连我们都忍不住要捂上耳朵。我这时才明白,男生说肉麻的话是多么令人难以忍受。

乐队的车已经消失在城市川流不息的车流中,单小刀仍然站在饭店门口望眼欲穿,不忍离去。最后,还是苏美达狠狠地敲了他的头,才把他从幻想中拉了回来:"还傻愣在这里干什么?快回去排练!"

"好的，排练过后干什么？今天可是两位老师的婚礼呀！"单小刀说。

"排练过后，排练过后就往米星希的新房打骚扰电话！"苏美达说完转身离去。

我们愣在了一边，我惊讶不已，真没想到，老实巴交的苏美达，竟然也会想出这么馊的主意来。

5.让全国闹一场"蝗灾"

当米星希和林可可踏上蜜月旅行的火车时,我们四个又开始在音乐老师的指导下苦练音乐基本功,数日后,到联谊会这天,总算马马虎虎成形。

由于全校各大媒体的炒作,学校里出现了空前的沸腾局面,联谊会的会场不得不改在学校大礼堂。我们班女生里几个剪纸高手,用电光纸剪了近一百只大大小小、颜色各异的蚂蚱,粘到我们四个人的衣服上、帽子上。其他女生还制作了上百张宣传单,宣传单上粘有蚂蚱标志,还写着:"蚂蚱摇滚兵团"一直在努力,支持我们吧!你将成为第一批"蚂蚱摇滚兵团"的光荣粉丝,你将快乐无极限!

联谊会这天,到大礼堂看演出的人数几乎达到全校总人数的一半,连初中部的学生和部分老师都到场了。

我班女生在联谊会开始前就把宣传单发到了观众手中,联谊会开始,先是由"七星瓢虫"演唱组上台,李大猫暗叫:"哇!好靓啊!七个美少女!"

"呸!七只狐狸精!"苏美达脸拉得像苦瓜。

"七星瓢虫"唱的是飞儿乐队的一首新歌《你的微笑》,感觉真的很棒,台下响起了一片热烈的掌声。

等到我们上场时,奇怪的装束使台下哗然一片,我们唱的歌更使

大家大吃一惊。

> 我们蹦我们飞
>
> 我们是急着去上学的蚂蚱
>
> 我们唱我们跳
>
> 我们正赶着去啃书本庄稼
>
> ……

这是我们自己创作的《背书包的蚂蚱》。

我们以新颖和出其不意战胜了"七星瓢虫"演唱组。退场时,场下仍一遍遍高呼"蚂蚱!我们支持你!"

这令我们四个人感动不已,也为演出的成功而自豪。

苏美达说:"我们将来一定要搞个真正的摇滚兵团。"

"还是我们四个人,我们要像'花儿'乐队那样出自己的专辑,唱我们自己的歌!"

"让全国闹一场'蝗灾'!"李大猫兴奋地用拳头狠狠砸灰满城的肩头。

灰满城也顾不得疼了,眼睛亮亮的:"那要等到什么时候?"

"等我们明年考上大学!"苏美达说。

让全国闹一场"蝗灾",这可能吗?

嘿……还真没准儿!

图书在版编目（CIP）数据

我是你的朱丽叶 / 鲁奇著. ——太原：北岳文艺出版社，2012.8
（校园幽默丛书）
ISBN 978-7-5378-3729-3

Ⅰ.①我… Ⅱ.①鲁… Ⅲ.①长篇小说—中国—当代 Ⅳ.①I247.5

中国版本图书馆CIP数据核字（2012）第153023号

书　　名	我是你的朱丽叶
著　　者	鲁　奇
责任编辑	刘文飞
封面设计	培捷文化
出版发行	山西出版传媒集团·北岳文艺出版社
地　　址	山西省太原市并州南路57号
邮　　编	030012
电　　话	0351-5628696（营销部） 010-58200905 转 801（北京中心发行部） 0351-5628688（总编办）
传　　真	0351-5628680　010-58200905 转 802
网　　址	http://www.bywy.com
E - mail	bywycbs@163.com
印刷装订	北京天宇万达印刷有限公司
开　　本	700mm×960mm　1/16
字　　数	156千字
印　　张	13.5
印　　数	7000册
版　　次	2012年8月第1版
印　　次	2012年8月第1次印刷
书　　号	ISBN 978-7-5378-3729-3
定　　价	25.00元

本书如有印装质量问题　由承印厂负责调换